安藤聡
鈴木章能 編著

現実と言語の隙間
——文学における曖昧性

音羽書房鶴見書店

目　次

特別寄稿

「現実の非現実性」について
――ティム・オブライエン『父さんの、たぶん本』における虚実・言語・沈黙

松本　一裕

現実というものの非現実性について、それは納得のいく示唆を与えてくれた。世界の礎は堅固に妖精の翼の上に据えられているのだと請け合ってくれた。

――スコット・フィッツジェラルド『グレート・ギャツビー』

序　方法としての「私自身の話」

ティム・オブライエンは二〇〇二年に『世界のすべての七月』を発表したのを最後に、いまだ小説家として完璧な沈黙を守り続けている。ただし著作家としては、十七年の長きにわたった沈黙を破って二〇一九年に、それまで父として専念してきた育児体験の記録をまとめた著書を発表した。『父さんの、たぶん本』と題されたこの著作は表面的には父親の育児奮闘のノンフィクションであるが、小説作品に劣らずティム・オブライエンのフィクション作家としての本質を解き明かしてく

れている。本稿ではこの点を論じることになる。

この著書は事後にまとめて書かれたものではなく、大半は子育ての過程でその都度機会をとらえて綴られた文章から成っていて、最終的にそのすべては未来においてそれを読むだろう二人の息子に向けられている。息子たちに向けどのような気持ちで彼がこの本に収められた文章を書き継いだのか、一歳を過ぎたばかりの長男宛ての本書冒頭の手紙に記されている。彼はそこで「私の書いたページのなかで私の幻影《マイ・ゴースト》に出会ってもらいたい。私の最善の自己の姿、私がお前のためにそうなりたいと望む人物をそこに発見してくれればいいのだが」(*Dad's*, 3) とうったえている。

「私の幻影」とあるが、この存在を単なる非現実的な幻の私として片付けるわけにはいかないだろう。人の一生を単純に客観的現実の出来事の事実性に還元することなどできないわけで、「そうなりたい」と希求する理想を秘めた内面が生み出す自己意識の存在は無視できないだろう。だからこそオブライエンは二人の息子に向かってみずからの小説家としての経験も踏まえ、「伝記的事実に基づく決定論」(biographical determinism) は「想像力に対する侮蔑であり否定でさえありえる」(191) と断言するのであり、「私たちが何かのふりをすれば、それは常にいつだって存在することになる」(強調原文、357) とまで言い切るのである。

オブライエンのこのような自己についての幻想領域の強調は、小説という虚構世界創出の本質問題として、フィッツジェラルドの『グレート・ギャツビー』におけるギャツビーの創出を想起させずにはおかない。この作品の登場人物ギャツビーは理想的自己像を目指して意識的な自己形成の努力を重ねてきて、そのみずからの人間的な実際の姿をニックに認識してもらいたいと願っている。さらに作者フィッツジェラルドも同様に、語り手ニックを介在させて距離を取りながらではあるが、ギャツビーを描くことで人間存在としてのみずからの本質を読者に理解してもらおうとしている。ただその理解のために、読者が小説という虚構領域固有の意味を担う言語世界に一体化することこそ要であり、ギャツビーの現実モデルを調べ上げたり、フィッツジェラルド自身の伝記的事実を突き合わせたりしたりすることは無駄ではないが、小説の本質からしてそれはあり得ない――実は作品自体がそのようにうったえているのである。

そのうったえの典型的な描出が、ニックをドライブに誘ったギャツビーが途中でみずから生い立ちを語り始め、ニックから出身地について「中西部のどのへんなの?」と訊ねられて、「サン・フランシスコ」と答える場面である(Fitzgerald, 65)。当然その答えにニックは「あほらしくて、思わず吹き出しそう」(66)になり、ちぐはぐで胡散臭い現実のギャツビーに幻滅することになる。ただしニックはのちに、そのようなギャツビーの現実の姿と表裏一体をなす彼の純粋一途な理想に満ちた自己形成の物語を本人から打ち明けられて相手の本質を理解し、「現実というものの非現実性について、それは納得のいく示唆を与えてくれた。世界の礎は堅固に妖精の翼の上に据えられているのだと請け合ってくれた」(傍点引用者、100)とまで断言するに至る。

ここで示唆されているのは、ギャツビーは「中西部のサン・フランシスコ」という客観的事実としてありえないことを口にしたわけだが、彼の表現をそのような事実に還元せずにむしろ彼自身が語った自己形成物語に寄りそって捉えるとき、「中西部」の「サン・フランシスコ」という表現はギャツビーという人物の本質、つまりおのれの理想の自己像という幻想を「礎」とする彼の実際の姿を伝える意味深い表現としてよみがえるということである。言葉を換えれば、ここで語り手ニックは言語の二つの相異なるあり方を介して文学言語の本質を経験している。すなわち、小説という仮構は、いわゆる一般的現実の参照を必須とする言語的リアリズムとはついに相いれないということである。同じ「サン・フランシスコ」という表現であっても、ギャツビーの自己幻想を担う言語表出の世界では、客観的指示の呪縛を脱して固有の意味関係を帯びるに至っている。虚構世界のこの固有の意味関係を、現実の非虚構世界を指示する言語へと還元することは本質的にできない。「中西部」の「サン・フランシスコ」というありえない表現がギャツビー固有の意味世界で独自のリアルな意味合いを帯びることに目覚めたとき、語り手ニックはギャツビー本来の実際の姿に感動するのである。

このような言語の二つのあり方の違いの意味するところを、ティム・オブライエンはヴェトナム戦争従軍経験によって思い知らされていた。戦場で経験した事実をどれだけ詳細に客観的に積み重ねても、不明瞭な負の感情に輪郭明瞭な「顔」を与えることができないのである。帰還して二十年後のいまでも「顔を持たぬ責任と、顔を持たぬ悲しみ」(faceless responsibility and faceless grief) に苛まれている、と『兵士たちの担うもの』(一九九〇年) で本人と同名の語り手ティムが告白している。例えば、たとえ事実として戦場で人を殺していなくとも、殺しているという罪悪感が付きまとうのである。結局この感情の真実を表現するためには物語ることが必要で、「実際の出来事の真実性」(happening-truth) よりも本質的な真実を孕んだ「物語の真実性」(story-truth) が存在するのだ、と語り手ティムは指摘しているのである (*Things*, 203)。

さらにオブライエンはこの「物語の真実性」が可能となるフィクションの創作方法を、「私自身の話」(my own story) という表現に結晶させている (182)。この表現は「私自身による作り話」を意味するのか「私自身についての話」であるのか曖昧 (Bates, 251) だが、むしろこの曖昧なフィクションの二重性こそ、彼がヴェトナムで被った「顔を持たぬ責任と、顔を持たぬ悲しみ」という曖昧さを担う構造となる。すなわち「私自身の話」では、「私自身による作り話」でも「私自身についての話」でもありえることになる。だからそのような「私自身の話」を前提とすれば、わが子に「人を殺したことがあるの」と訊かれて、「出来事の真」の立場から「人を殺したことなんてあるものか」と応じても、「物語の真の立場」から「ああ殺したことあるよ」と応じても、どちらも正直でありえるのだと語り手は述べているのである (*Things*, 204)。『グレート・ギャツビー』の場合も「私自身の話」を前提とすれば、事実としてこのギャツビーの物語は作者フィッツジェラルドによる創作であるが、「物語の真」の立場からはフィッツジェラルド自身についてのことでもあることになる。さらに、ギャツビーの「中西部のサン・フランシスコ」発言も、事実としては嘲笑の的でしかない誤謬であり虚偽発言だが、「物語の真」の立場からすれば彼がグレートと思い込んでいる自己の理想像を構成する重要な履歴の一項目となるのである。

以上のようにオブライエンの創作活動の要を捉えるとき、『父さんの、たぶん本』冒頭の「私の書いたページのなかで私の幻影《マイ・ゴースト》に出会ってもらいたい」という息子たちに向けた筆者の願望は、この著書を含む父の著作群を読むことで、父の「物語の真実性」に出会ってもらいたいという願望であることが明らかになる。つまり『父さんの、たぶん本』はけっして現役引退同然の小説家の育児報告ノンフィクションに収まらないのである。本書は、ヴェトナム戦争の負の記憶を「私自身の話」として担いながら本格的な創作世界を追求してきた小説家の、躍如とした本領を示す要素を孕んでいるのである。その要素が具体的にどのように顕在化しているのか、明らかにしたい。

一　曖昧さを生きる

この著書が「たぶん本」(maybe book) と名づけられたのは、オブライエンが子供宛ての断片的な文をかなり途切れがちに書き続けて十年目あたりに、次男のタッドが本として完成するあてもない父のおぼつかない一連の文章を、「たぶん本」と呼べばと提案したのがきっかけだった (*Dad's*, 7)。タッドのなにげない発案だったが、それまでのオブライエンの著作群のなかでひそかに息づいていたキーワードがここで偶然の機会をえて、最も脚光を浴びる表舞台に躍り出ることになった。ハーツオグがオブライエンの小説群のなかで“maybe”という語は「マントラ」のように唱えられていると指摘しているが (Herzog, 191–92)、単に唱えられているどころか、『カチアートを追跡して』（一九七八年）と『世界のすべての七月』では、"maybe"を核にした文で作品が閉じられており、『イン・ザ・レイク・オブ・ザ・ウッズ』（一九九四年）では、結末から三ページ前の作者脚注による"maybe"に関する自己弁護で実質的に作品は閉じられている。つまり『カチアート』では、バーリンが妄想するカチアートのパリへの逃走の可能性を示唆する「ああ、ひょっとしたらな」（"Yes. Maybe so."）で終えられているし（*Going After Cacciato*, 338）、『世界の』では、大学時代にルームメイトだった二人の女性間の「たぶん…」（"Maybe ...."）と「たぶんどころじゃない」（"Not even maybe."）というやりとりで終えられている（*July, July*, 322）。さらに『イン・ザ・レイク』では、作者とされる語り手による一三三箇所ある脚注の最後の箇所で、作中の主要人物二人の結末が曖昧なまま終了することに触れて「そもそも人の行方など定かではない。あらゆる謎は暗闇へと呑み込まれてゆき、その暗闇の向こうには、ただかもしれないの領域が広がるのみ」（"...there is only maybe."）と記されている（傍点引用者、*In the Lake*, 301）。すなわち、"maybe"という語がオブライエンにおいて無視できない役割を果たしていると推測せざるをえないのである。

三作品の結末における「たぶん」（以後"maybe"をこの表現で代表させる）で先ず何よりも注目すべきは、この表現が作品の結末に据えられていることの意味である。このことは以上の結末の「たぶん」に作品途中の「たぶん」を対照させれば明らかになる。典型的な一例を示せば、『カチアート』において、あくまで現実主義のドク・ペレットと現実に抗して想像力を働かせカチアート（とみずから）の逃走の可能性を追求しようとするバーリンとのあいだで、「『でも、たぶん』／『たぶんなんてものはないんだ。現実はたぶんじゃないんだ』」(*Cacciato*, 311) という「たぶん」をめぐるやりとりがある。ここでは「たぶん」は、現実世界に抗して虚構世界での可能性を探る方向性を示している。それに対して結末の「たぶん」は、虚構世界から、その虚構世界が閉じられたのちの現実世界へという方向性を有している。すなわち結末の「たぶん」は、作品の結末まで構築されてきた言語による虚構世界の真実性が非虚構の世界（すなわち現実）にゆだねられるときの、可能性の表現と言えるのではないか。

以上のことからオブライエン作品のいくつかは、実際はともかくメタレベルでは、実から虚への可能性を示す「たぶん」から始まり、虚から実への可能性を示唆する「たぶん」で終わるという構造になっていると言えるだろう。そして「たぶん」は虚と実の相互の領域からの離脱と帰還のドラマを孕んでいることになる。ただし小説家としてのオブライエンにとって、虚と実のあいだで根本になるのは「虚」であるはずだ。なぜなら「たぶん」が孕むドラマは、「物語の真実」を可能にする言葉による虚構の世界を立ち上げないかぎり始まらないからである。だからこそオブライエン自身は創作世界の構築者として、現実世界ではなく、あくまでみずから言語をとおして追求した虚構世界の真実性に自己の存在の根拠を据えようとしてきたと言えるだろう。実際彼は、『父さんの、たぶん本』冒頭近くで、次のように告白しているのである。

私は二〇〇三年六月二〇日の夕方近くまで一貫して、自分の書いた小説や短編によってみずからを定義してきた。つまり私は文章のなかに自分の存在を見出そうとしてきた。一章でも一場面でも対話の断片でもいい、気に入ったものが書ければ、私は自分が好きになれた。

（傍点引用者、*Dad's*, 3）

つまり小説世界においてオブライエンの「たぶん」は、「物語の真実性」を構成する言語による虚構世界を基盤にして、現実世界との緊張を伴いながら、その虚構世界によってひらける未知の可能性という曖昧だが積極的な意味を担っていた。

　しかし最新著書のタイトルの「たぶん」という表現は、以上のような積極的な意味合いとは真逆のニュアンスを伴っているのではないか。タイトル決定の経緯からして、「かもしれない、たぶん」と完成への意思が曖昧なまま優柔不断に、文章世界の帰結を現実の成り行きに任せるという態度をこの表現は伝えている。さらに、引用の「二〇〇三年六月二〇日の夕方近く」とは著者の長男ティミーが誕生したときのことであり、彼はそれ以後小説家としての執筆活動を休止したのである。長男誕生を機に彼は、それまで「自分の時間を囲い込む」(15) ことしか考えてこなかった態度を改めて、五十歳代末に賜った子のために（二年後には次男も誕生）自分の日々を捧げる決意をしたのである。その決意のほどは、「お前と一緒に五年でも十年でもよけいに過ごせるなら、これまでの人生で書き綴ってきたものすべてと交換してもいい」(3) とまで述べていることから推察できる。事実、以後現在にいたるまで彼は創作作品をまったく発表していない。だとすると、「物語の真実性」

へのこだわりを捨てて、「事実の出来事の真実性」が支配的な家族を中心とした日常生活にわが身を埋没させてしまっている――そのようなオブライエンの印象がぬぐいがたくなる。だとしたら、はたしてそれでも『父さんの、たぶん本』の「たぶん」の背後に彼の小説世界における「たぶん」を窺うことができるのか。

二　沈黙への対し方

結論を言えば、オブライエンにおける「たぶん」という表現はフィクションとノンフィクションのどちらの場合も「物語の真実性」への希求を孕んでいる。ただし両者の違いは、現実世界から虚構世界へと離脱するおりの作者における態度の違いであり、その違いはそのおりに生じる「沈黙」への対し方の違いとなって顕在化するのである。

小説家休止決意を挟んで、それ以前の小説執筆とそれ以後の育児ノンフィクション執筆における「沈黙」は、それぞれ次のように『父さんの、たぶん本』に記載されている。まず小説執筆のおりに、みずから現実世界から虚構世界へとこころを移行させるにあたってどのような経験をしていたか、オブライエンは小説家としての日常をこのように描写している。

作家は書かねばならない。……作家は座ることで完全に気持ちを集中させ、感受性をすっかり開放した状態で指とこころを整えて、言語と想像力が融合し始める奇跡を待つのである。……日々そのように座ることで何が充たされるのかというと、一語一語と言葉を紡いでゆくというささいな言語的達成感である。(117)

「〈書く〉ということも、もしそれが持続の問題としてかんがえられるならば、習慣の世界のほかなにものでもない」と断言したのは吉本隆明だが（吉本、三二九―三〇）、オブライエンも書くための態勢を整えて「言語と想像力が融合し始める奇跡を待つ」ことを日々習慣化していたということだ。ただここでは明確に言及されていないが、その習慣によって彼が日々対峙していたのが「沈黙」である。「言語と想像力が融合」することで現実界から言語による虚構への離脱が可能になるのだが、その「奇跡を待つ」あいだに書き手が意識せざるをえない、つまり彼が対峙せざるをえないのは沈黙の存在である。書くという行為の手前に沈黙が存在するのであり、この沈黙に安易に対するのか真剣に対するのかで書き手の質が決まるとも言えるだろう。書くための態勢の習慣化も、この沈黙との対峙へとわが身を否応なく日々運んでいくための強制的手段だろう。

このような沈黙との意識的対峙とは対照的に、書くことの強制から離れて、父としての日常に専心したオブライエンは次のような態度で文章を書き継いでいた。

一行の書きだしの言葉と書きおわりの言葉のあいだに数カ月の時間が流れることがあった（ま

る一年ということも二度あった)。(7)

彼は言葉による虚構世界を構築するどころか、日常のうちで沈黙に埋没していたと言えるだろう。父として乳児の匂いにすっかり虜になっていた彼にとって(22)、沈黙と対峙するなどありえなかったはずだ。虚構世界への意識的移行の意欲の薄弱さは、書きだした言葉にあとが続かないことから明らかだろう。しかし薄弱とはいえ、その虚構世界への意志が途絶えていないことは、数カ月、さらに一年を経たのちでさえも当初の一行を完結させるという執拗さから窺える。この時間をかけた彼のねばりの異常さは、彼の虚構世界への薄弱さどころか、むしろその強度を示して余りあるのではないか。さらに彼はそのようにして断片的な文章を十数年にわたってとにかく書き続けたのである。小説家であったときの彼は、沈黙と対峙しながら「言語と想像力が融合し始める奇跡」を待った、つまり意識的に言語を頼りとする「奇跡」がすみやかにほどなく訪れるのを待った。父としての彼も、乳児の匂いに虜になりながらも虚構世界への意志を維持して「言語と想像力の融合」を待った。しかし彼は「奇跡」をあてにしてはいないと言える。彼は日常の現実に身を置き、書くことをことさら意識することなく沈黙に寄りそうようにして、現実世界で偶然をとらえ一語でも記す。そしてあとは虚構への意思を意識のどこかで維持してさえいれば、やがて時が「言語と想像力の融合」を果たしてくれて、わが身を現実から引き離すようにしてワン・センテンスの最後の語までたどり着ける——そういうことではなかったか。そのような事態が、一文章から他の文章のあいだでも生じていたということだろう。以上から、『父さんの、たぶん本』はたしかに現実に寄りそった成り行き任せの態度で書かれているように思えるが、フィクションの場合と同様、やはり本質的には実に律儀な、文章を通じた虚構への意志を孕んでいるということだ。その意味で、タイトルの「たぶん」の背後に、小説群で育まれてきた虚構による可能性を示唆する「たぶん」を認めざるをえないのである。

さらにこの著書における虚構へのオブライエンのこだわりの強さを示すとすれば、例えば、「ストーリーを信頼すること」という一章で紹介されている、オブライエン本人と有名大学の創作科教授とのあいだでの「うそ」（つまりフィクション）をめぐる言い争い（ほとんどつかみ合いになりかねない勢いであった）のエピソードがある。長男のティミーが生後一年が過ぎたころ、オブライエンは家族を伴ってある大学で開かれた作家のコンファレンスに参加し講演をした。その講演で彼は「ストーリーを信頼すること」を的確に伝えるために、息子が生後始めて口にした言葉が『マクベス』の「人生は白痴の語る物語」という表現であったと述べた。すると夜の親睦会で男が声をかけてきて彼のことを「うそつき」と非難した。「だれも私の言ったことを信じなかったと思うよ」と、オブライエンがフィクションを介して真実を伝えるという趣旨を説明しても、その人物は詐欺師呼ばわりを止めない。言い争ったあげく、「君の息子はとんでもない、どうしょうもない父親をもったものだ」と捨て台詞を投げつけてこの「現実べったり想像力の乏しい俗物やろう」(literal-minded Philistine) の作家教授は姿を消した (28–32)。この事件を承けてだろう、オブライエンは

「ホーム・スクール」の章では、その息子に「覚えておいてもらいたいのは、事実そのもの (literal truth) なんてこれぽっちも問題じゃないし、問題であってはならないことだ。……もしお前にとってそこまで事実そのものが重要になったら、頼むから、カウンセリングを受けてもらいたい」(36) とうったえているし、さらにのちには二人の息子に向けて「高貴なる偽りというものが欠けるだけで、どれだけ世界がつまらなくやせ細ったものになることだろう」(115) と指摘したり、「私の見る夢もおまえたちの見る夢も現実として存在する。この地上で生きた人間でいまだかって非現実である夢を見た者などいないだろう」(190) と事実主義に抗して夢の現実性を強調したりしているのである。オブライエンは『父さんの、たぶん本』の冒頭で「私の書いたページのなかで私の幻影《マイ・ゴースト》に出会ってもらいたい」と記していた。たしかに、この著書から浮かび上がるのは、息子たちに虚構世界をもつことの重要さをなんとしても伝えようとする彼の姿である。

　オブライエンの小説世界で「たぶん」という表現は、虚構世界に礎を据えながら、実から虚へ・虚から実へと、相互に影響しあう可能性のドラマを孕んでいたが、あらためて考えてみると、「たぶん本」の「たぶん」はそのような小説世界で育まれた意味合いをも担いつつあらたな可能性も示唆しているのではないかと思えてくる。すなわち、『父さんの、たぶん本』を明確なテーマと構成を備えた著作として完成させることを意図すれば、「本」は残るが「たぶん」が消えたはず。逆に、成りゆきでいい加減でもいいから文を書き継ぐことを止めれば、「本」と共に「たぶん」も消滅したはず。このように「たぶん」は、明確絶対であることと諦め放棄することとのあいだで、両者とは別の可能性として存在していたのである。この著書のページをとおして、絶対的なフィクション作家でも、そのフィクション作家であることを放棄したのでもない、子供たちと日常生活を味わいながら「たぶん」という態度で文章を書き続けるオブライエンの姿が迫ってくる。はたしてそのような彼の現状からフィクション作品が生み出されることがあるのか、「たぶん」が維持されるかぎり可能性は残ると思う。

引用文献

Bates, Milton J. *The Wars We Took to Vietnam: Cultural Conflict and Storytelling.* U of California P, 1990.

Fitzgerald, F. Scott. *The Great Gatsby.* Charles Scribner's Son, 1925. 村上春樹訳『グレート・ギャツビー』中央公論社、二〇〇六。本書からの引用訳文は村上氏の訳を参考にした。

Herzog, Toby C. *Tim O'Brien: The Things He Carries and the Stories He Tells.* Routledge, 2018.

O'Brien, Tim. *Going After Cacciato.* Delacorte Press, 1978.

——. *The Things They Carried.* Penguin Books, 1990. 村上春樹訳『本当の戦争の話をしよう』文春文庫、一九九八。本書からの引用訳文は村上氏の訳を参考にした。

——. *In the Lake of the Woods.* Penguin Books, 1995.

——. *July, July.* Houghton Mifflin Harcourt, 2002.

——. *Dad's Maybe Book.* Houghton Mifflin Harcourt, 2019.

吉本隆明「なぜ書くか」『吉本隆明全集9』晶文社、二〇一五.

1　危機と言語
——戦間期文学としてキャサリン・アン・ポーターを読む

加藤　麗未

ポーターの三〇年代作品

アメリカの女性作家、キャサリン・アン・ポーター（一八九〇―一九八〇）が一九三〇年代に執筆した作品には、危機的状況下での言語の役割について問題提起できるものが多数ある。三〇年代のアメリカは、大不況が人々の生活と心に暗い影を落とし、第二次世界大戦へ突き進んでいく時代であったが、そのような時代に、文学において、言語がどのように扱われているのか、その一つの例として、ポーターの三〇年代の作品には大きな価値がある。

興味深いことに、ポーターが三〇年代前半に発表した、メキシコを舞台とした短編小説「花咲けるユダの木」（一九三〇）と中編小説「アシエンダ」（一九三四）には、独裁者じみた人物や、各国の覇権争いを思わせる設定など、第二次世界大戦を予期させる要素が盛り込まれている。これらの作品では、主人公が言語によってその状況にどう関わっていくかが他者の命を左右する大きな鍵となる。さらに注目すべきは、これら二作品で指摘できる言語の問題が、ポーターが三〇年代の終わりに発表した、第一次世界大戦時にスペイン風邪に感染する女性を描いた中編「青ざめた馬、青ざめた騎手」(一九三九)において、さらに深められていることである。

これまで戦間期の文脈で語られてこなかったポーターの作品を戦間期文学として読み、言語の問題がどのように掘り下げられているかを検証することで、危機と言語の関係をより深く追究できるであろう。そこで本稿では、これら三作品における主人公たちの危機的状況下での言語との関わりを考察し、戦間期文学としてどのような価値があるかを論じる。

知識人の言語不信――「花咲けるユダの木」と「アシエンダ」

三〇年代のアメリカはプロレタリア小説全盛期であったが、ポーターはそれに先立つ二〇年代の一時期、記者として革命後のメキシコに滞在し、社会主義的な観点から記事を書いていた。しかし意外にも、メキシコを舞台にした三〇年代のポーターの小説は、革命や社会主義運動を背景としながらも、社会主義的なメッセージを伝えているわけではない。むしろ、異国の地で社会改革の理想に燃えていたはずが、何らかの理由でその理想に生きることができなくなったアメリカの知識人が描かれていることが特徴的である。さらに注目すべきは、彼らが言語に対して非常にネガティブに関わっていることである。

二〇年代にソ連などの革命国家へ向かった知識人のことを、社会主義者のオランダーは「政治的移住者」(political pilgrims) と名付けた (Delpar, 15)。二〇年代のアメリカでは社会主義者に対する弾圧が激化しており、社会から疎外されていたジャーナリストや芸術家たちにとって、メキシコは自分たちの社会主義的関心を満たし、物質主義や資本主義から逃れられる国として非常に魅力があった。ポーターのメキシコ作品の主人公も、そのような知識人であることは見逃せない。「花咲けるユダの木」の主人公ローラと「アシエンダ」の語り手の女性はいずれもアメリカ人である。ローラは革命の一派に属し、メキシコシティで暮らしながら、先住民の子供たちの学校の英語教師や、収監された革命家への援助といった仕事で毎日忙しい。一方、「アシエンダ」の語り手は作家であり、革命後のメキシコで行われる映画撮影の取材で、アシエンダとよばれるスペイン植民地時代の習慣が残る大農園を訪れる。メキシコ人の習慣に精通し、革命の大義が行き渡らない状況を的確に見抜く力があることから、彼女もまた、過去にメキシコに滞在し、知的な面で革命に関わってきた人物といえる。二作品の主人公が政治的移住者であり、社会主義的な理念を持つアメリカの知識人を表象していることは明らかである。

サイードは、知識人とは社会におけるマイノリティーの人々を表象するために、自分のメッセージを明晰に言語化できる能力に恵まれた人であると述べ（三七―三八）さらに、知識人は亡命という状態によって、様々な事物を、自分が後にしてきたものと、今向き合っているものという二つの視点から眺められると述べている（一〇四）。アメリカとメキシコという二つの政治、文化の間で生きるローラと語り手は、まさにサイードが提示する、二つの視点を持ちながら、他者のために言語を使う可能性を持つ人物といえる。

二作品は、革命中と革命後という異なる時代のメキシコを舞台にしているが、興味深い共通点がみられる。それは、作中には一度も登場しない人物がいることと、その人物の命が危機に瀕しているという緊迫した状況である。しかし、主人公たちは、自らの言語によって他者の命を救うことができない。

メキシコに滞在する真の動機が自身にもわからないローラの複雑な心理を意識の流れを用いて描いた「花咲けるユダの木」は、革命家の独善的な言説とローラの拒絶の言語が、不気味に共振する作品でもある。作品の後半、ローラが属する革命グループのメンバーで、刑務所に収監されているエウゲーニオが、彼女が渡した睡眠薬を多飲して麻痺状態に陥る一方、グループの指導者ブラッジョーニの危険な思想が露呈する場面で、物語の緊張感が高まる。ブラッジョーニは、ローラによるエウゲーニオの報告など意に介さず、べつの街で起こるはずの政治的な衝突に向けて、銃の装備を彼女に手伝わせ、聴衆がいるかのように、自身の革命の理念を熱狂的に語る。


この世界は、うわべはちんまりと箱に収まった永遠の安住の地だ。だが、いつか大洋の端から端まで、塹壕が口を開け、砕けた壁やぐちゃぐちゃになった人間の体がもつれ合う、そんな場所になるのだ。今、当たり前のように過ごしているこの場所。ここは何世紀にもわたって腐敗し続けてきた。そんな所からは、あらゆるものを引きはがし、放り投げ、新たに分配してやらねばならぬ。あらゆるものの上に降る清らかな雨のように、等しくすべての者へ。貧者のこわばった手が富める者のために作り出したものは、なきものとされ、新たな世界を創造しようという志を持つ者以外は淘汰される。そして生まれる新たな世界に悪や不正はなく、情け深い無政府主義によって治められる。(100)[1]

作品全体を通して、ブラッジョーニは利己的で自己陶酔的な腐敗した革命家として描かれているが、この詩的ともいえる演説からは、彼が搾取されてきた人々を救うのだという理念を語りながら、実は全体主義的な危険な思想に酔っていることが見て取れる。

この演説の場面の背景には、彼がこれから赴こうとしている政治的な衝突で多数の命が奪われる可能性、そしてローラが監獄に残してきたエウゲーニオの死の可能性という二つの危機が存在する。しかし、ブラッジョーニの「大義」に関わる前者の危機の方により重要性と緊迫感があるように感じられるのは、彼の弁舌の力である。彼は数多い革命の派閥の一派のリーダーにすぎないが、革命の「理念」に沿わない者は淘汰してよいという主張や、力強い言説により人々を酔わせ導こうとする態度は、ヒトラーのような独裁者を思わせる。ローラがそのような言説に対抗する独自の言説を持たないことは、社会主義者としての一つの欠陥を意味する。

作中でローラは、度々「嫌」(No)という拒絶の言葉を口にするが、これは彼女の言語の使い方と生き方の関係を端的に表している。禁欲的なローラは普段から、「嫌」という拒絶の言葉を盾に自らをブラッジョーニらからの誘惑から守っている。彼女の拒絶の言語は保身のためにきわめて有効に働いているが、同時に、深く関わるべき相手や、愛を与えるべき相手をも遠ざける。

この世界のどこにも、安らげる場所はなかった。毎日学校で教える子どもたちは、彼女にとって、いつまでも他人のままだった。彼らの丸々と柔らかい手や、未開人じみた素直さは愛らしかったが。扉の向こうから誰が出てくるのかもわからないままノックし、仮に、そのどんよりとした暗がりから見知った顔が現れたとしても、やはりそれは他人の顔なのだった。この他人が自分に何を話し、そして自分が相手にどんな伝言を伝えるにしても、自分の細胞の一つ一つが、相手への共感や関わりを、一つの単調な言葉によって拒絶した。嫌、嫌、嫌。彼女は、自分が悪へ陥らないよう守ってくれる魔除けのようなこの言葉に力づけられていた。何もかも拒絶すれば、どんな所も安全に歩けたし、あらゆるものを驚嘆せずに眺めることができた。(97)

ローラは恐怖から発する拒絶の言葉により、図らずも、無感動で不毛な人生へと導かれた。彼女は言語の有能な使い手ではなく、言語に操られた人物なのである。

ローラの言語の不能性は、死者となったエウゲーニオとの関係性においてより明確となる。先に引用したブラッジョーニの演説の場面の後、ローラはエウゲーニオに対する罪の意識に襲われ、その晩見た夢の中で死者となった彼に「人殺し」と責められるが、彼女はここでも「嫌」と答えることしかできない(101–02)。ローラにとって、獄中のエウゲーニオは、社会主義的な理念に共感したアメリカ人の自分が救うべきメキシコ人であると同時に、自分が渡した睡眠薬によって死に導いてしまったことへの罪悪感から夢に出てくるという点で、もはや「他人」ではなく、国籍や立場の違いを越えた人間としての感情を伝えるべき相手となった。彼女が夢の中で発する「嫌」という言葉は、現実で保身のために使っていた拒絶の言葉とは明らかに違う意味を持つ。しかし、彼女の単調な「嫌」は、夢の中でさえも、相手への感情表現を妨げる。ブラッジョーニの熱狂的言説とローラの画一的な「嫌」は一見対照的だが、そこに自身の「理念」以外の思想や他者を受容するスペースがないという点で同質である。作品の前半で、ローラが自分はブラッジョーニと同じように冷酷なのではないかと思い悩む場面があるが(93)、それが真実であることは二人の言語の同質性が示している。

革命という一般市民の生活にも混乱と危険が迫る非常時に、外国人の女性が自らの身を守りながら現地人に混じって活動する困難は想像に難くない。しかし、ローラは危機感から拒絶の言葉を使った結果、他者と自分自身から人間としての尊厳を奪い、さらに、ブラッジョーニという権力者の言説に抗えず、エウゲーニオの命の重みを言葉で訴えられなかった。彼女の危機的状況のメキシコへの関わり方、そしてその中で暮らす自身の生き方には、言語の使い方が影響しているのである。

もう一つの作品「アシエンダ」は、アメリカ人の女性作家の一人称で語られているため、作品全体を彼女の独白と捉えることも可能だが、他の登場人物たちの絶え間ないお喋りの中で、彼女の台詞が極端に少ないことは見逃せない。

本作で描かれる革命後のメキシコの大農園には、第二次世界大戦に突き進む世界の状況が奇妙に重なる。語り手が訪れた大農園では、ペオン（先住民の無賃金労働者）であり、映画の主要キャストでもあったフスティノという名の青年が、撮影で使用するピストルで事件を起こし投獄されたことから、撮影が中断し、人々が混乱に陥っている。スペイン人の農園所有者や、ロシア人やアメリカ人といった多国籍の映画撮影スタッフらが案じるのは、フスティノの保釈金や撮影再開の日程といった、自らの利害に関わることのみである。彼らが右往左往する撮影現場としての大農園は、革命の大義が行き渡らないメキシコの縮図だといえる。同時に、現地人の尊厳を無視して、ひたすらに利益を追求する彼らの言動は、個人的な狭量さを超えて、国家間の覇権争いを思わせる。

さらに、アシエンダには、立場の弱い人間に対する憎しみの言葉を吐き捨てる者もいる。普段から屋敷での生活に不満を抱える農園所有者の妻ドーニャ・ジュリアは、語り手に、フスティノらペオンは記憶や知性を持たない動物と同じだ、と憎々しげに言い捨てる (169)。自らの不満を他者に押し付け優位性を保とうとする態度は暴力的でさえある。彼女の心の闇は、独裁者に扇動される人々のそれと結びつく。

フスティノは、収監されているため物語の中では一度も姿を現さないという点で、エウゲーニオの立場と類似しているが、彼の不在は、人々が彼をはじめとするペオンを言葉でどのように表象しているかを明るみに出すという点で重要な意味を持つ。つまり、語り手が一度も会ったことのないこの青年は、不在であること、そして人々による勝手な解釈の対象であることから、メキシコの先住民をはじめとする、「沈黙させられた人々」(The Silenced) を象徴する人物なのである。語り手が社会主義的関心を持つ作家ならば、人々の偏見に満ちた言葉からフスティノを救済するような言葉を、会話や語りにおいて表現してしかるべきである。しかし、作品において異様なまでの印象を与える彼女の沈黙は、彼女自身が、フスティノをはじめとする社会的弱者を、言語レベルでさえ救えないことを意味する。

ポーターは三一年から三二年にかけてドイツを旅し、台頭しつつあるナチスの脅威を目にしていた (Brinkmeyer, 188)。ポーターは、大方の人間が不気味な前兆として感じとっていたであろう危機を作品において言語化しただけでなく、そのような状況において、知識人が言語表象の力をなくすことで、実際に人間の命が危機にさらされることを、メキシコを舞台にして描き切ったのである。言語と命の関係は、次章で論じる作品において、戦争を背景に深化していく。

命の源泉としての言語へ――「青ざめた馬、青ざめた騎手」

三〇年代はアメリカにとって、第二次世界大戦に突き進んでいく時代でもあった。「青ざめた馬、青ざめた騎手」は、第一次世界大戦とスペイン風邪という過去の危機的状況を背景に、言語の問題を提起する作品である。主人公ミランダは新聞記者という知的職業に就きながら、記事執筆の場は、彼女にとって矛盾と屈辱に満ちている。例えば、彼女は劇評を担当しているが、自分が酷評した芸人に詰め寄られると、自分の書いた記事などに注意を払う必要はないと返すことしかできない。同僚は彼女に、広告会社に取り入る記事を書き昇給を目指すよう助言するが、ミランダは、「私、間違ったことばかり学んでいるような気がするわ」と力なく答える(288–89)。シウバは、ミランダたち記者の書く記事が、他者にとって重要なことを一時的な情報に貶めてしまうことから、彼女の執筆した芸人についての記事は、相手への死刑宣告のようなものであり、同時に、彼女も書くことで日々自分自身を死に追いやっているのだと論じている(57–58)。ミランダはジャーナリズムの危機の「最前線」にいるのである。

また、作品は戦時下のジャーナリズムの危うさにも焦点を当てている。ミランダは戦争のために国民が犠牲になることを疑問視しているが、彼女は若い婦人向けの記事に、戦争に協力するために生活を切り詰めろという旨の記事を書く(281)。さらに作中には、同僚たちが面白可笑しく話す戦争やスペイン風邪に関する噂話に彼女が閉口する場面も描かれる(284–85)。このように、書くという自身の行為の無意味さと、真実を言葉で伝えるはずの新聞記者という職業が戦時下で正常に機能していないことへの絶望感が、ミランダを苦しめている。つまり彼女は、言語への不信感という、知識人にとって致命的な「病」に侵されているのである。

ミランダを苦しめる言語への不信感という病は、記事執筆の場だけから生まれているわけではなく、戦争という不可抗力の形で、彼女の日常生活に忍び込んでくる。朝、眠りから覚めた彼女の頭の中には「戦争」(war) という言葉が銅鑼のように鳴り響いているが、この言葉から彼女が思い浮かべるのは、毎日のようにオフィスを訪れ、薄給の彼女の言い分も聞かず、自由公債 (Liberty Bond) を買うことで戦争に参加しアメリカへの忠誠を見せろと圧力をかけてくる政府の機関員の男たちである (270–71)。戦争という言葉を武器に迫る男たちに対し、ミランダは反抗するどころか、曖昧な笑みを浮かべたまま「戦争ですものね」と答え、しぶしぶ購入を約束する (272–74)。ここで重要なのが、ミランダだけでなく、機関員の男たちもまた、戦争というただ一つの単語にコントロールされていることである。つまり戦争という現実より先に、戦争という言葉が人々の暮らしに入り込み、彼らの選択や行動に影響を与えているのである。ミランダの書く記事が、記事で扱う人間や彼女自身を死に向わせているとすれば、人々が他者の行動を縛り、義務を押し付けるために口にする「戦争」という言葉は、社会全体を死に導いているといえるだろう。ミランダの頭の中に響く「戦争」という言葉の重さは、戦闘に関わるわけではない彼女にも忍び寄る死の影を予感させる。

「戦争」という言葉が人々に義務や忠誠を押し付けるための道具として独り歩きする中、戦争の本質は忘れ去られ、言いようのない恐怖が社会を覆い、人々を差別や暴力へ加担させていくことは、歴史が証明している。まさに言葉は生き物である。そのような恐怖をミランダの感染するスペイン風邪の脅威として具現化させている点に、本作品の特異性がある。起床時にミランダは「燃えるようなしつこい頭痛」(a burning slow headache) に気付くが、それが発症したのが「戦争が始まったときだった」と推測する (274)。作品の後半では、いよいよ感染が明らかになり、高熱による苦しみが極限に達する。アウトカは、スペイン風邪の大流行がこれまで第一次世界大戦の一部であるかのように、歴史的・政治的に軽視されてきた事実を明らかにし、そのような戦争優位の視点が見逃してきたパンデミックの脅威や、それが文学に与えた影響を探究した。アウトカは本作品を分析するにあたり、戦地に赴く男性と銃後を守る女性という戦時下のアメリカ社会に確立されていた男女の役割をパンデミックが崩し、戦闘に加わる男性の身体に戦争の脅威が押し付けられるのと同じレベルで、女性の身体が病による痛みにさらされると論じている(45)。スペイン風邪が戦争と同じ深刻さを持つとするアウトカの論述は非常に説得力があるが、これまで見てきた「戦争」という言葉の重要性や、ミランダが頭痛の発症と戦争の始まりを結び付けていることを考えれば、本作品が、戦争と病の痛みを別物として提示しているわけではないことは明らかである。戦争という言葉が社会を死に導くという危険な状態を、ミランダが感染したスペイン風邪の苦しみという形で読者に追体験させることこそ、ポーターの狙いであろう。戦争と病は、言語を媒介にして固く結びついているのである。

前章では、ポーターのメキシコ作品において、ローラと語り手がメキシコ人を救うことができなかったのは、彼女たちの言語とのネガティブな関わりが原因であることを明らかにした。ミランダも、言説の形をとって日常に忍び込む戦争に病み、ジャーナリズムに不信感を抱いている点で、やはり言語との関わりに問題を抱えている。しかしメキシコ作品との大きな違いは、彼女が命の危険にさらされている最愛の人物に、自らの内側から湧いてくる言葉によって戦争の恐ろしさを訴えようとすることである。

ミランダの最愛の人物は、戦地に赴こうとする恋人のアダムである。技術部隊の少尉として、新品の軍服に身を包み、会うたびに輝く笑顔を見せるアダムは、自分はこれまで人生の痛みとは無縁だったと話す(280)。ミランダはそのようなある種現実離れしたアダムの姿に魅せられ、自分の鬱屈した状況を忘れさせてくれる存在として救いを感じると同時に、戦争に命を捧げようとする彼とは結ばれることはないという思いに苦しむ(283–84)。作中には、戦争への思いを共有できない二人の会話が嚙み合わない場面がところどころに描かれるが、ミランダは自分の思いを相手に伝えることをあきらめない。二人が劇場を訪れると、舞台上に自由公債の宣伝人が立ち、またもや、正義の戦争のために公債を買えというプロパガンダを大声でまくしたてる。我慢が限界に達したミランダは帰り道で、先ほどの宣伝人は若者が戦場で死ぬのを望む嫌らしい男であると述べ、さらに、彼のような人間たちがあなたを戦場に送るのだ、とアダムに訴えるが、彼は、宣伝人はただ仕事をしているだけだと答える(293–94)。ミランダはその返答に一瞬ひるみながらも、なんとか彼に戦争の本質を伝えようと、戦争が身体だけでなく精神に与える苦痛を訴える。

「アダム、戦争が最悪なのは、恐怖と疑いと胸の悪くなるような嫌な表情が、会う人会う人の目に浮かんでいるからよ……まるで心と精神にシャッターを下ろしたみたいに。皆、相手をじっと監視して、その言動が、自分たちにはすぐに理解できないようなものだったら、間髪入れずに飛びかかる勢いだわ。私、それが怖いの。それに、私ビクビクしながら生きてるけど、誰も、こんな生き方すべきじゃないのよ。こそこそ隠れて、嘘をつくような、こんな生き方を。これが、戦争が精神と心にしてくることなのよ、アダム、この二つは切り離せないものなの——体に対して戦争がしてくることより、もっと悪いことなのよ」(294)

ミランダが日々心と体で感じとっている戦争の恐ろしさは、社会全体がプロパガンダに毒され、戦争への参加という一つの方向に向かっている状況では、決して堂々と口にできるものではない。また、戦争の本質を知らぬまま身を殉じようとするアダムに本心を打ち明けるのは、非常に勇気の要ることである。実際には、ミランダの訴えもむなしく、アダムは自分が戦争に行かなければ世間に合わせる顔がないと答え、もはや反論できなくなった彼女は、戦争に行かないでほしいという相手に一番伝えたかった言葉を内に秘めたまま残りの時間を過ごすこととなる。この点で、戦争とは愛する者への懇願さえも封じさせてしまうじつに恐ろしい生き物だといえる。しかし、メキシコ作品の主人公たちが、危機的状況においても言葉の力を使うことができないままでいたことと比べると、ミランダには、ジャーナリズムの場で押し殺していた自分の本心を、愛する者に対してなんとか言葉で表現しようとする強さと切実さが感じられるのである。

ミランダが発した切実な言語の本質は何なのだろうか。アメリカの批評家ケネス・バーク(一八九七—一九九三)が、大不況という危機的状況下で言語の可能性を探究するために執筆した批評理論書『永続と変化』（一九三五）において論じている「敬虔さ」(piety) という概念を用いて説明したい。

バークは『永続と変化』のテーマである人々のコミュニケーションの問題を探究するにあたって、まず第一部で、人間が言語によってどのように現実を解釈しているかを、様々な例を挙げて説明している。最終的には、言語という一つの「習慣」に縛られ、現実の解釈を更新できない人間が、どのように新たな解釈を得ていくかをバークは論じるのだが、その議論への橋渡しとなる第二部で、彼は人それぞれの言語の使い方を「敬虔さ」(piety) という概念で説明している。バークはここでの「敬虔さ」を「「自身の存在の源泉」に忠実でありたいという切なる望み」(the yearning to conform with the "sources of one's being") (69) であると定義しており、特に芸術における「意味」について議論するには、この敬虔さの問題は避けて通れないと述べている (71)。敬虔さと言語の関わりを、バークは、義理の息子にタバコ用のパイプを拳銃のように向けられた老婆の話で説明している。義理の息子はふざけてパイプを拳銃に見立てたのだが、老婆は強い恐怖を感じ、拳銃を下ろせと声を上げる。冗談だと弁解する相手に対し、老婆は、「わかってるよ、だけど、みんなそうやって撃たれるんだ」("Yes, I know – but that's the way people get shot.") と答える (84–85)。バークは老婆が感じた恐怖は、彼女なりに解釈した状況の性質と一致しているという点で敬虔 (pious) なのだと述べている (84–86)。これはたとえ話であるため、老婆の人となりや過去は、読者が想像するしかない。しかし例えば、彼女に悲惨な戦争体験があったと仮定すれば、自分に向けられたパイプが武器に見え、そこから戦争の記憶が喚起されて、「みんなそうやって撃たれるんだ」という一言につながったと容易に想像できる。バークの定義する、個人の経験や感覚と深く関わる「敬虔さ」の出どころは、言うなれば他者が踏み入って強引に解釈すべきでない、誰の中にもある聖域のようなものであり、その聖域から湧き上がるように出てくる言葉の力を、バークは侵しがたい切実な言語として尊重しているように思われる。

ミランダが危機的局面で発した言葉は、彼女の心身の苦しみから湧いてきたものであり、新聞記事には決して書くことができなかった言語だった。アダムという最愛の人物に自身の心の内を伝えたミランダは、相手に対して自己表現をしただけではなく、自身の心と体、つまり自分の命に「忠実でありたいという切なる望み」を、自分自身に対して果たしたといえないだろうか。実際には、本作品の後半で、ミランダは高熱の苦しみの中で見る幻覚で、言葉を超えた自身の存在の本質と出会うことになる。しかし、そのような「覚醒」に至るまでに、彼女が自分の命をどのように言葉に刻み込もうとしたのか、その苦しみの過程こそが、作品の文学性を高めているといえるだろう。

戦間期文学としての可能性

これまでの考察から、ポーターの作品では、言語への態度が生命を左右するということが、決してメタファーではないことが明らかになった。メキシコ作品では、戦時中によく似た危機的状況下で、主人公たちの言語への態度が、他者の命に関わっている。一方、「青ざめた～」では、「戦争」

という言葉に社会がコントロールされる中、ミランダが心身の痛みから戦争の本質をつかみ、社会の言説に対抗するような、自分の命に忠実な言語を使っているという点で、危機的状況での言語の使い方が、主人公自身の命に関わる問題として、より深化した形で提示されている。

戦争とは兵器を用いて国家同士が争うことであり、人間社会にしかみられない事象だが、争いに至るまでや、戦時下で国家のリーダーが民衆を統率する過程には、必ず言語が関わっている。他者を意のままに操ろうとしたり、自らの不満を内省せず他者に押し付けようとしたりするとき、言語が武器になることを、ポーターの三〇年代作品は訴えている。

サイードが語るような知識人とは、言語から武器の要素を取り払い、他者に尊厳を与えるような使い方ができる人物であろう。戦争のような危機的状況において、知識人の仕事は非常に重要である。しかし、それは知識や巧みな言語運用力といった知性だけで成し遂げられるのだろうか。今回取り上げたポーター作品は、他者に関する知識や自身の理念だけではなく、「今・ここ」にある命の重みを言葉にできない限り、知識人は他者も自分も救えないことを明らかにしている。国家間の複雑な関係や、台頭しつつある全体主義の脅威を人々が感じとっていたであろう戦間期において、革命前後のメキシコや、第一次世界大戦下でのスペイン風邪といった、いわば忘れ去られた危機的状況を背景に、言語と命の関係を浮き彫りにしたポーターの作品には、戦間期文学として普遍的な価値がある。

注

1. 本稿の直接引用はすべて拙訳とした。

引用文献

エドワード・W・サイード『知識人とは何か』大橋洋一訳、平凡社、一九九八。

Brinkmeyer Jr., Robert H. *Katherine Anne Porter's Artistic Development: Primitivism, Traditionalism, and Totalitarianism*. Louisiana State UP, 1993.

Burke, Kenneth. *Permanence and Change: An Anatomy of Purpose*. 3rd ed., U of California P, 1984.

Ciuba, Gary M. "One Singer Left to Mourn: Death and Discourse in Porter's 'Pale Horse, Pale Rider.'" *South Atlantic Review*, vol. 61, no. 1, 1996, pp. 55–76.

Delper, Helen. *The Enormous Vogue of Things Mexican: Cultural Relations between the United States and Mexico, 1920–1935*. U of Alabama P, 1992.

Outka, Elizabeth. *Viral Modernism:The Influenza Pandemic and Interwar Literature*. Columbia UP, 2020.

Porter, Katherine Anne. *The Collected Stories of Katherine Anne Porter*. Harcourt Brace, 1979.

2　他者の苦痛を目撃すること
――ラルフ・エリスンの「広場のパーティー」における言語の限界

平沼　公子

はじめに

ラルフ・エリスンの短編「広場のパーティー」("A Party Down at the Square")は、北部オハイオから深南部アラバマの叔父の家に遊びにきた白人の少年の視点から、一人のアフリカ系アメリカ人男性のリンチが描かれている。本作品は、作家の死後一九九七年に公となり、のちにジョン・カラハンによってエリスンの短編集『フライング・ホームとその他短編集』(*Flying Home and Other Short Stories*)に収録された。アフリカ系アメリカ文学において、白人による暴力の究極の形のひとつとしてのリンチが描かれることは珍しくはないが、本作品は白人少年の視点からリンチを描いている点において興味深いだろう。アフリカ系アメリカ文学において、暴力の表現は史実を語る上で重要だ。奴隷制時代の奴隷に対する暴行は、奴隷体験記に克明に描かれ、制度の残虐さを物語っている。また、アフリカ系アメリカ人女性に対する性的暴力であるレイプと、アフリカ系アメリカ人男性に対するリンチは、大抵の場合それを体験または目撃した被抑圧者側の視点から描かれ、白人側のセンシビリティの欠落によって、アフリカ系アメリカ人の苦痛が理解されていない状況を強調し、その非人間性を告発する。このような極限的な暴力の表現は、合衆国において抑圧されてきたアフリカ系アメリカ人の、しばし公的な記録に残されてこなかった体験を、言語によって捉え直し、追体験することを試み、その残虐性を告発するものだ。

しかしながら、抑圧された側が主体となって語る暴力の体験とは異なり、「広場のパーティー」における語りの主体は白人の少年だ。黒い身体に対する白人からの暴力を、白人の視点から語ることにより、本作品は言語によってリンチの残虐性を提示することの不完全さ、あるいは不可能さを示すと同時に、人種的な言語に縛られることによって狭められる認知の領域の問題を示唆している。エリスンは、北部人である語り手の白人少年に、深南部におけるリンチの目撃者であると同時に参加者として語らせることによって、アフリカ系アメリカ人に対する苛烈な暴力の現実と、それを語る言語との間の齟齬を浮き彫りにするのである。さらに本作品は、その時代背景を一九三〇年代というリンチの全盛期がすでに過ぎ去った時期に据えることによって、リンチという人種的暴力が形骸化していく様子と、その形骸化に抵抗しようとする語りの問題を描いている。本論文は、「広場のパーティー」における現実と言語の関係性について、白人少年の語りにおけるリンチの描写が、どのように目前で行われる暴力的場面と結びつき、また切り離されるのかを考察する。その上で、本論文は本作品が提示する苛烈な暴力を描写する言語の限界を分析する。最終的に本論文は、「広場のパーティー」が、リンチの形骸化と、その形骸化に抵抗する語りを織り込むことにより、リンチという人種的暴力が現実世界において効力を失いつつある際に、言語がリンチを支持することに失敗する様子を示していることを明らかにするものである。

パーティーの目撃者／参加者としての語り手

「なぜそれがはじまったのかはわからない。でもエドおじさんの家に大勢の男たちがきて、広場でパーティーをやるぞと言ったから、おじさんは私にパーティーに行くようにと言い、私は男たちと一緒に雨の夜の中を走って広場にたどり着いた。」(3) この物語の冒頭は、語り手の「私」が、これから何が起こるのかを知らないままに「パーティー」に参加させられたことを示唆する。この広場の「パーティー」は、実際には一人のアフリカ系アメリカ人男性のリンチなのだが、語り手は作中で一度もリンチという言葉を用いない。エリスンは、北部から深南部に来た白人少年の視点を用いることで、リンチを異化するのである。語り手は、広場で白人男性たちがアフリカ系アメリカ人男性を取り囲み、またその様子を白人女性も含めた人々が取り囲んで見ている様子を描写する。読者は、語り手の視点から「パーティー」のはじまりを目撃するのである。

読者はこのパーティーが実際にはリンチであることに読みはじめて数行で気がつくこととなる。語り手がたどり着いた広場では、「みんな興奮しながらニガーを取り囲んで見て」(3) いるし、「人々は早くニガーを殺せと叫び」(4) だすからである。まもなく火刑台に火がつけられることによって、観衆がアフリカ系アメリカ人男性を生きながらに炙り焼きにしようとしていることが明らかとなる。語り手は、多くの人が広場に集まっていたが、「でも日曜日みたいではなかった。ニガーは一人もいなかった」(4)とし、このパーティーの参加者が興奮した南部の白人のみであることを説明する。また語り手は、「群衆の中には、女性が三五人ほどいた」(5)とし、白人女性の参加についても補足することによって、リンチの場にはしばしば白人女性も参加していたという史実として公になっている我々の知識と作品を結びつける。[1]

もちろん、「広場のパーティー」は、史実として記録されたリンチについてのドキュメンタリーではない。しかしエリスンは、作中で行われるリンチを実際に起こり得たものとして提示するために、語り手の視点によって断片化された場面描写を取り入れている。例えば、作中で語り手が目撃するリンチは、どのような根拠に基づいているのかは説明されないが、語り手の状況描写はリンチの引き金が性的なものであることを示唆する。「銃を持っている男たちもいて、そのうちの一人は引き金を引くぞと言いながらニガーのズボンに拳銃を突っ込んでいたけど、撃ちはしなかった。」(3)リンチされる男の性器に向けて銃の引き金を打つという性的な脅しは、当時のリンチの多くがアフリカ系アメリカ人男性による白人女性へのレイプの疑いが発端となっていたことを思い起こさせるだろう。[2] パトリシア・ヒル・コリンズは、「黒人の強姦者というイデオロギー上正当化される神話とともに、リンチは黒人男性に対する特殊な形の性的暴力として発生した」(Collins, 147)とし、アフリカ系アメリカ人男性へのリンチが、単なる暴力ではなく、性的な理由に基づいた暴力であることを説明するが、「広場のパーティー」におけるリンチもまた、南部におけるアフリカ系アメリカ人男性と白人女性を巡る根拠に乏しい神話に基づくものだと推測できるだろう。この性的な示唆を語り手が認識していないことは、北部から来た目撃者としての彼の立場を補強する。語り手は、リンチの目的や意味を理解しないままにその場に引き出されているのだ。群衆の興奮状態を描写する語り手の語りは、彼が目撃者であることを強調し、彼は群衆の興奮の波に押し流されるようにアフリカ系アメリカ人男性が火にかけられる様子を、その文脈への知識なしに目の当たりにすることとなる。

語り手が、この群衆の集まりをリンチと正確に理解していたかどうかは、彼の語りからは定かでは無い。この語り手の認識の曖昧さは、彼をあくまで外部からのリンチの目撃者とする。しかしまた同時に、語り手の目撃者としての立場は、彼の白人性によって揺らぐこととなる。語り手は北部人としてリンチの目撃者でありつつ、白人として参加者でもあり、常に見る側と行う側の境界線上に位置することとなるのだ。例えば語り手は、次のように説明する。

なんとまあ、酷い夜だった。なかなか大した夜だった。群衆の声が鎮まると、後ろの方に立っていた私にニガーの声が聞こえてきたので、私は前の方へと移動した。そのニガーは鼻と耳から血を流していて、黒い肌の上に血が流れて真っ赤になっているのが見えた。彼は、まるで熱いオーブンの上にいる鶏のように足を交互に持ち上げていた。私は彼が立たされた火刑台の上を見た。みんなは彼の近くに火を近づけた。大きな黒いつま先に、あと少しで燃え盛る火が触れようとしていたんだから、彼は熱かったに違いない。(5)

この場面において、語り手はリンチの対象である男の苦痛を鶏と対比させることによって、広場の群衆にとって男の苦痛が取るに足らないものであること、もしくは滑稽な娯楽として受け止められることを示す。それと同時に、語り手は男に火が近づく様子を「熱かったに違いない」とし、リンチの対象である男の苦痛を推測することにより、期せずしてその男が人間であることを認めている。白人の少年の視点によって異化されたリンチは、アフリカ系アメリカ人を「人間」として捉えることから逃れられないのだ。

語り手は、群衆の興奮につられて何が行われるのか目撃したい欲望をあらわにするが、このパーティーは開始後すぐに広場に墜落する飛行機によっていったん中断される。リンチの夜は嵐が近づいており、近くの飛行場は停電していた。そこに、「T. W. A. と黒字で刻印された」(7) 飛行機が、広場の火刑台の炎の明るさを近くの飛行場の滑走路の灯と見間違い、群衆の集まる広場に着陸しようと突っ込んでくるのである。飛行機は電線を引きちぎりながら不時着したため、一人の白人女性が感電死し、広場は一時騒然となる。

肉が焼ける臭いがした。はじめてそんな臭いをかいだ。近寄ってみると、それは女だった。即死だったに違いない。彼女は、周りに倒れている電柱から飛行機が叩き落とした、粉々になったガラスの絶縁体に囲まれて、板みたいに動かずに水たまりに倒れていた。彼女の白いドレスは引き裂かれて、水たまりに投げ出された片方の乳房と太ももが見えた。(7)

あらわになった白人女性の乳房と太ももは、火刑台において性的に脅迫されるアフリカ系アメリカ人男性の身体と並置されることにより、作中のリンチの性的な意味を補強する。さらに語り手は、感電の衝撃で白人女性が「まるでニガーみたいに黒くなっていた」(7)とも語ることにより、アフリカ系アメリカ人男性の身体を白人女性の身体へと重ね、人間が焼かれることの残酷さを読者に伝える目撃者となるのである。

このように、語り手は黒人を人間として捉え、暴力の無意味さを表す目撃者としての役割を担う一方、他方ではその経験を意味づけするプロセスを伴うリンチの参加者ともなる。事実、語り手は飛行機事故の後すぐに再開される火刑の現場に走り戻り、群衆と共にアフリカ系アメリカ人男性の様子を見物するリンチの参加者となる。この目撃者としての語り手と参加者としての語り手という境界線上の立ち位置は、本作品が「リンチ」という言葉を一度も用いずにリンチを描いていることと深く関係している。リンチという語源には諸説あり、南部白人が人種的暴力について絞首刑や火刑といった用語を「リンチ」と置き換えて用いることはめずらしくはなかった。しかし、二〇世紀転換期にはアイダ・B・ウェルズの「アメリカにおけるリンチ法」(一九〇〇)が発表されるなど、反リンチ論が交わされていた事実などを考えれば、アフリカ系アメリカ人に対する私刑としての「リンチ」という用語が一般に浸透していたことは明らかだろう。しかし語り手は、はじめにパーティーがあると聞いて広場に辿り着いてから、物語の終わりまで、自分が目撃した出来事をリンチとは表現しない。語り手が目撃した行為を表す言葉を持たないことは、目の前の現実を捉える術を彼が持たないことを意味するだろう。もちろん、リンチという言葉そのものが、現実に行われる暴力を完全に捉えることは不可能だが、作中で行われているリンチの実際の残酷さと、パーティーという言葉の間の著しい齟齬は、この行為の残忍さを際立たせることとなるのだ。

言語を超えた体験への身体的反応

「リンチ」という言葉を持たない語り手は、人間から人間に対する究極的な暴力を目撃したのち、嘔吐するという身体的反応を持って、この「パーティー」が残虐なものであることを読者に示す。語り手は、燃え盛る炎によって焼かれはじめたアフリカ系アメリカ人男性の身体を見つめ続けるが彼の観察者としての立場は徐々にその異常さに拒否反応を示し出す。「彼の肌が焼ける臭い」(9)を感じ、男の背中が焼けてまるで「バーベキューの豚」(9)のようになったのを目撃した語り手は、「あのニガーの背中は、見ておくべきものだった」(9)としながらも、自身とリンチの対象のあまりの近さに「立ち去りたく」(9)なる。興奮した群衆にもみくちゃにされつつ、なんとか火刑台から離れ、逃げ出した語り手は、自分の身体的反応を以下のように説明する。「私の心臓は長く走ったかのように激しく鼓動を打っていた。私は屈んで胃の中身を吐いた。胃の内容物が全てせり上がってきて、土の上に大きく迸った。私は気分が悪く、疲れて、弱っていて、寒かった。」(10) ここで読者は、アフリカ系アメリカ人の男が豚の丸焼きのように焼かれながら、その苦痛から逃れようと暴れまわる様子を目撃したことで、語り手が精神的ショックを受けていること、またそのショックと強い拒否反応から嘔吐をしたことを推測するだろう。しかしながら、語り手自身は自らの身体的反応について、目の当たりにした残虐行為と無関係であると自らと読者に言い聞かせる。語り手は、白人女性の死体見物からリンチの現場に戻る際に、芝生にあった木の枝につまづいて転び、血の味がするほど酷く口の中を噛んだと述べ、「だから具合悪くなったんだろう」(8) と説明するのだ。語り手は、自身の嘔吐の原因がリンチを目撃したことだとは認めないのである。

この語り手の特徴は、単に彼が信頼できない語り手であるという問題以上の、現実と言語の間の齟齬の問題を浮き彫りにする。目の前で行われたリンチに対して、語り手の心は必死に言葉を介してそれを受け入れようとしつつも、身体はそれを裏切るのである。大勢の群衆が、アフリカ系アメリカ人男性を火あぶりにすることをパーティーとして受け入れ、興奮とともに楽しんでいる様子を目の当たりにした語り手は、自らの身体がその残虐性を拒否していることを認識できていない。エリスンは、リンチに対する語り手の身体的な拒否反応を描くことによって、この人種的暴力が言語で表現できる範囲を超えるものであることを示唆する。さらに、語り手が自身の拒否反応の原因を特定しない様子は、その現実と言語の間の齟齬が解消されないままに暴力が横行していたことをも示唆するだろう。語り手は南部人のおじに「シンシナティ出身の意気地なし」と(10)とからかわれるが、その際に「そのうち慣れる」(10)という助言をもらう。本作品においてリンチという究極的な暴力への応答は、その現実とそれを表す言語の間に齟齬があるために、言語によってなされるのではなく、目撃者の身体的な反応によってなされている。語り手のおじが示唆するのは、身体的な反応としての嘔吐、つまりリンチの拒否は、暴力的な現実を繰り返し目撃することによって消えていくということである。ここでエリスンは、苛烈な暴力に対して人が言葉を持たない場合、その暴力が常態化し当たり前のものとなる問題——リンチがパーティーとなる問題——を描いているのである。

言語に縛られる認識——「ニガー」を賞賛する語り手とリンチの意味

本作品は、現実と言語の間の齟齬とその問題を指摘すると同時に、言語が人間の認識の限界を提示することも指摘している。語り手の白人少年は、物語の最後にパーティーを以下のように総括する。

はじめにニガーがいて、嵐がきて、そして飛行機、それから女と電線、今は飛行機会社が自社の機体を破損しかねなかった焚き火をはじめたのは誰か調査してるって話だ。これ全部が一晩のうちに起こったことだし、これ全部が一人のニガーについての大騒ぎだ。大した夜だった。それに大したパーティーだった。私はそこにいたんだ。ぜんぶそこにいて見たんだ。私にとっては最初で最後のパーティーだ。いやぁ、それにしてもあのニガーは強かった。大したニガーだ！(11)

語り手は、これが自身の最初で最後のパーティー、つまりリンチに参加するのはこれで最後だとしながら、丸焼きにされ殺害されたアフリカ系アメリカ人男性に賞賛の言葉を送る。しかしその賞賛の言葉は、語り手の用いる「ニガー」という呼びかけによって、最大限の侮蔑と表裏一体となる。語り手は、リンチという言葉を持たないゆえに、このパーティーの残虐性を感じることが可能であると同時に、アフリカ系アメリカ人を「ニガー」としか認識できないからこそ、リンチの残虐性を完全に断罪することはできない。エリスンは、北部から来た白人少年の認知の領域の限界を、彼の持つ語彙によって提示しているのだ。サイディヤ・ハートマンは奴隷体験記における暴力表現に焦点を当てた『服従の光景』において、文学作品内での暴力的場面が、いかに「カジュアルに」受け止められうるか、その問題を指摘している。[3]「広場のパーティー」は、リンチの目撃者である語り手が、その暴力の対象となったアフリカ系アメリカ人男性を「大したニガー」だと感嘆するカジュアルさを切り取り、リンチがパーティーとなる異常さの背景にある認識の限界を示すのだ。

さらにエリスンは、作中においてリンチの意味そのものが失われつつあることにも言及する。物語の最後には、語り手が目撃したリンチの後、さらにリンチが行われたことが示唆される。「他のニガーに示しをつけるために、ニガーを二人一組で殺さなくてはならない」(11)というおじのエドの言葉にあまり納得のいかない語り手は、リンチの実行者や参加たちが「不機嫌」(11)であると述べる。

店で会うと、彼らはすごくみすぼらしく見える。このまえ私がブリンクリーの店に行った時、ある白人の小作農民は、状況は改善しないいんだからニガーを殺すことに意味はないって言った。彼はとってもひもじそうに見えた。農民たちのほとんどはひもじそうだった。白人たちがひもじそうに見える様子に、みんなきっと驚くだろう。(11)

広場に不時着した飛行機であるトランス・ワールド・エアラインの就航が一九三〇年からであることを考えれば、本作品の時代背景は恐慌時代である。そのことを裏打ちするように、語り手は南部の白人たちが空腹であることを描写している。この白人たちのひもじく不機嫌な様子は、リンチによって殺されたアフリカ系アメリカ人男性が語り手によって「大したニガーだ!」と賞賛される様子とは対置されるものだ。物語の最後に一九三〇年代の南部の白人たちの貧困状況を描くことにより、「広場のパーティー」は、リンチという行為が象徴するものがすでに変化していたことを示している。広場へと突っ込む飛行機と、蛇のように鞭打ちながら白人女性を殺す電線は、小作農という前近代的な生活のあり方に対する近代的な脅威とも考えられるだろう。南部におけるリンチの横行は、一九三〇年代には下火となってきていた。[4] しかし、白人小作農民たちは、自分たちの社会的地位とそのマスキュリニティを保持するために、リンチという人種的暴力を必要としていたのだ。もちろん、白人たちの苦境の本来の原因はアフリカ系アメリカ人の存在ではなく、合衆国全土に及ぶ社会経済的状況と階級の問題であり、アフリカ系アメリカ人を殺すことは状況改善に何ら寄与せず、彼らを「殺すことに意味はない」(11)。形骸化したリンチという人種的暴力を正当化するためには、言説としてのアフリカ系アメリカ人男性の白人女性に対する性的脅威という根拠があるが、本作品はその言説がすでに機能していないことをも示唆する。飛行機という近代化の象徴に殺され、「ニガー」のように真っ黒くなった白人女性の死体は、アフリカ系アメリカ人男性の黒さと重なることにより単なる肉塊として提示される。郡保安官が丸焦げとなった白人女性の死体の周りを警護する様子は、白人女性の純潔を守るという有効性を失った言説に南部人がしがみついていることを示唆するだろう。さらに、白人の小作農民たちは「バーベキューの豚」のように「ニガー」を焼いても、それを食べることはできずに空腹のままだ。貧困という状況においては、いくら言説によって支えようと試みたとしても、リンチは空虚な身振りでしかないのだ。

おわりに

「広場のパーティー」で火刑台に縛られたアフリカ系アメリカ人男性は、生きながらに焼かれるという拷問から逃れるために、「誰か、クリスチャンらしく俺の喉を掻き切ってくれないいか」(8)と訴えるが、ジェドという白人はそれに対して「すまんが、今夜はクリスチャンはいないんだよ。ユダヤ人もいない。俺たちは一〇〇パーセントのアメリカ人なんだ」(8)と答える。ジェドの言葉に笑う群衆の様子は、リンチという人種的暴力に対する感覚の麻痺を示すと同時に、アフリカ系アメリカ人を嬲り殺す超法規的殺人の正当性を合衆国という国に求めるという矛盾撞着の状態を示すだろう。このように、「広場のパーティー」は、リンチという暴力が言語を越えた体験であることを描くと同時に、リンチという行為そのものの象徴的意味が失われていく時に、その言説を食い止めるために人が言説にしがみつく様子を描いている。そして、その言説がすでに有効性を失いつつある様子を描くことによって、人種的暴力における残虐性の究極的な無意味さを告発するのである。

【付記1】本研究は科研費JSPS研究助成（JP18K12336）を受けたものである。

注

1. 合衆国南部におけるリンチが、しばしエンターテイメントの場として捉えられ、その残虐性にも関わらず男女問わずに観衆が集まったことについては、様々な歴史家が指摘している。特に、リンチの犠牲者とその観衆の写真集である *Without Sanctuary: Lynching Photography in America* には、観衆の様子が揺るがぬ証拠として残されている。
2. *Lynching in America: Confronting the Legacy of Racial Terror* では、人種混淆への恐怖がリンチの原因となったケースが全体の四分の一以上を占めると報告されている。
3. ハートマンは、奴隷体験記における暴力がいかに自明のものとされているのかを問題点として指摘した上で、暴力表現がない日常の描写においても暴力を通奏低音とした支配と服従の権力関係が描きこまれていることを論じている。ハートマンの議論は奴隷体験記を中心としたものだが、文学作品や社会歴史学的文章におけるリンチの描写についても同様のことが指摘できるだろう。
4. *Lynching in America: Confronting the Legacy of Racial Terror*. pp. 62–64 を参照。

引用文献

Allen, James., Jack Woody, and Arlyn Nathan. *Without Sanctuary: Lynching Photography in America*.1999. Twin Palms Publishers, 2020.
Collins, Patricia Hill. *Black Feminist Thought*. Routledge, 2000.
Equal Justice Initiative. *Lynching in America: Confronting the Legacy of Racial Terror*. 3rd edition, 2017.
Ellison, Ralph. “A Party Down at the Square.” *Flying Home and Other Stories*. pp. 3–11.
——. *Flying Home and Other Stories*. 1998. Vintage International, 2012.

Hartman, Saidiya. *Scenes of Subjection: Terror, Slavery, and Self-Making in Nineteenth-Century America*. Oxford UP, 1997.
Wells, Ida B. *The Light of Truth: Writings of an Anti-Lynching Crusader*. Penguin, 2014.

3　小説における語りの円環と時間の超越
――『ライ麦畑でつかまえて』と『異邦人』を対比して

関戸　冬彦

はじめに

本稿は小説における語りの円環と時間の超越に着目し、具体的には二つの小説を対比しながら、その特徴とそれぞれの作品理解を深めようと試みるものである。その二つとは、アメリカの作家、J・D・サリンジャーが一九五一年に出版した『ライ麦畑でつかまえて』（以下、『ライ麦』）とフランスの作家、アルベール・カミュが一九四二年に出版した『異邦人』である。異なる国の文学作品を対比的に論じるという論考はなくもないが[1]、上記二作品に対象を絞って対比するというのはいささか実験的であるし、また執筆者の専門はアメリカ文学ではあるがフランス文学に関しては門外漢であるので、そうした背景的なことも含め、挑戦的な試みであることを予め記しておく。なお、比較ではなく対比と表現しているのには理由がある。イブ・シュヴレルによると比較文学とは「文学の比較に終始するわけでは なく、いわんや《比較対照》を行えばすむものでもない。（中略）基本的に言えば、文学に関連があれば何であれ、すでに言われていること、また今後述べられるかもしれないことを、他の文化的要素との関連をも考慮しながら探求していくことにある。」(シュヴレル、一四)という。本稿でこれから行う論考はもちろん周辺的な部分も含むが、ある作家が別の作家の作品を読んで影響を受けた痕跡を探るといった評伝ないし歴史的研究というよりはむしろ、両作品を対比的に見ることで浮かび上がる共通性に着目し、そこから導かれる普遍性のようなものを抽出しようと試みるものなので、比較文学という表現を用いることでいらぬ誤解を招かないよう、あえて対比文学論とし、その名のもとに展開していく。[2]

『ライ麦』における語りと時間

『ライ麦』はこの作品の主人公、ホールデン・コールフィールドによる一人称語りによって進行する。物語は高校を放校処分になったホールデンの語りから始まり、「去年のクリスマスの頃にへばっちゃってさ、そのためにこんな西部の町なんかに来て静養しなきゃならなくなったんだけど」(サリンジャー、五)という自己紹介とも取れるような前置きの後からは基本、彼の回想的なエピソードを端々で挟みながら物語は時間軸の通りに進むと同時にひとり語りが続く。通時的な観点から確認すると、最初の時間設定が「サクソン・ホールとフットボールの試合をやった土曜日」(サリンジャー、七)となっており、二五章でフィービーが回転木馬に乗るシーンが月曜の午後なので、回想に該当する箇所は時間にすると約四八時間強の経過とそれにまつわるエピソードとなる。これが小説内ではいわば物語的な流れになっているのだが、二六章でそれら全体を想い出のような口ぶりで振り返るホールデンは「僕が話そうと思うのはこれだけなんだ」（サリンジャー、三三一）とつぶやき、あたかも目の前に聞き手がいるかのように話しかけ、終わりとなる。

つまり、物語としては四八時間内に起きたこととそれに関連するものがその内容になるのだが、ホールデンが話し始めてから話し終わるまでの時間の経過がどれくらいであったかは実際には明らかではないものの、始まりと終わりにそんなに時間的隔たりがあるとは感じられない。これは言い換えるなら、話し始めの時間軸、あるいは現在という地点、に戻っている感覚がある。この点に関して竹内康浩は「この小説の始まりが病院の場面だったので、結末にも病院を持ってくることで、始まりとおしまいを接続し、回転木馬のような円環構造を作ろうとしたのだろうか。」（竹内『ミステリー』、二〇六）と指摘し、これはこれで妥当性があるとしている。[3] また、村上春樹は柴田元幸との対談の中で「むしろ振り出しに戻ったみたいなところがある。少なくとも、発展的結末とはとても言えない。」（村上・柴田、一九）と述べている。よって端的に言うならば、一章と二六章は時間的にも内容的にも近接しているような感覚があり、これが後述する語りの円環にあたる部分にもなっている。

さて、作品における時間の意味、そしてホールデン自身の時間の概念についてはどうだろうか。先に引用した竹内康浩の論考を参照しながら『ライ麦』における時間の捉えられ方について読み解いていく。まず、竹内はホールデンがかつて通い、彼の妹のフィービーが現在通っている小学校と彼らが訪れる博物館との類似性について、「二つとも時間の流れが止まっている」(竹内『何も言いたくない』、七六)と指摘する。止まっているとはどういうことかというと、かつて自分が経験したときとそこは風景としては変わっておらず、「モールのローラー・スケートも博物館見学も小学校に通うことも、場所と行動それぞれがきちんとそろって、ホールデンの過去をフィービーの現在の中に再生させている。」(七六)と説明する。つまり、変わっていない同じ場所をかつてのホールデンと現在のフィービーの二人が共に経験することで、「時間が止まった空間で、過去と現在が一体化する。過去なのに現在であって、現在なのに過去なのだ。」(七六)という時間に対する概念的な障壁が取り払われ、混然一体となっていくことを意味している。さらに、作品の最終場面近くで描かれる回転木馬についても、「この回転木馬も博物館的で小学校的だ。」(七六)とそこにこれまでとの共通性と類似性を見出し、「流れる時間の中で、この回転木馬も変化をしないでいつづけている。」(七七)と述べる。それは小学校や博物館同様、「木馬は時間を停止させ、過去を再現させる」(七七)役割を担っているということであり、結果として作品全体のイメージをも付与されている。つまり、『ライ麦』における時間とは「モールでのローラースケートも、レコードも、回転木馬も、流れ去る時間とは対照的に、くるくる回転しながら円環」(七八)しているものになる。

ホールデン自身の時間の観念については、竹内によるとある一定の行動パターンがあるという。それは「まるで時間に反抗するかのように、彼の行動は、あるときは時間の流れから早すぎたり、また別のときには遅すぎたりという形で、相当わざとらしく脱線している。」(竹内『何も言いたくない』、七九）部分だ。竹内はホールデンの行動の早すぎる場合と遅すぎる場合とをそれぞれ作品内から例示し、その上で時間を六十分単位から年単位へと広げて考察を試みる。そして、ホールデンの言動全体を鑑みた上で「ホールデンは年齢を無視している。」（九二）と指摘する。それは「ホールデンは時間軸から逸脱している」（九五）ことでもあり、「時間に限ってホールデンの身体的・行動的特徴を考えてみると、彼は体の中に複数の時間を持っていて、一とおりに決定できないから、他の一とおりに決定された時間――たとえば時計やカレンダーで計れる時間――からはずれてしまう」（九六）と結論づける。これは時間に対するいわゆる世間的な常識、ないし概念からの逸脱でもあり、また『異邦人』でも見られる社会からの逸脱とも通底する部分でもあり、後に詳しく論じる。なお、ホールデンには判断を保留するという特徴もある。それを時間に関してあてはめると、現在、過去、未来といった既存の区別をしない、つまり時間を常識的な尺度で判断しない、ということでもある。そしてそれは『ライ麦』における時間の超越はホールデンがセントラルパークにいる凍った魚のイメージを付与されているところにも現れており、これも後に『異邦人』との対比で再び論じる。

『異邦人』における語りと時間

ではここからはカミュの『異邦人』について見ていきたい。主人公で語り手であるムルソーの

「きょう、ママンが死んだ。」（カミュ、六）という一言で始まるこの小説は、冒頭のこの「きょう」がいったいいつのことなのか、というところからすでに議論がある。物語としては第一部、第二部と分かれており、第一部ではムルソーがママンの葬式に立ち会った後にガールフレンドであるマリイと海で遊び、友人であるレエモンらとつるんでいるうちにアラブ人との小競り合いに巻き込まれ、結果そのうちの一人を射殺してしまうという事件までがムルソーの視点で描かれている。第二部は拘留された後に監獄に入れられ、その日々の間に自分自身の記憶を逡巡しつつも裁判で死刑判決を受け、その後司祭と神を巡る議論の末に自らの幸福感に達するところで物語は終わりを迎える。この作品全体に関して扱うには内容的にあまりにも膨大になってしまうので、本論では語りと時間に関連するいくつかの先行研究を中心に参照しながら、『異邦人』という作品と語り手であるムルソーの特徴を明らかにする。

まず、武本智紗は上記作品冒頭部分について、「時の指標が設定されないまま物語は滑り出していくことになる」（武本、六二）とその始まりの曖昧さを指摘する。そして、「これから述べることを先取りしておいて、その時間性は後に明らかにされることが多い」（六二）と時間に関するが後述されていることを特徴として挙げる。さらに、物語が「他人事のように眺めている語り手ムルソーの視点を通して語られている」（六二）と語り手と出来事の距離感に着目する。これに関して「一個人にすぎないムルソーの意識によってのみ捉えられた出来事や考えを思いつくままに語られる」（六二）と武本は指摘し、時間だけでなく語りについての曖昧さもあるという。こうしたムルソーの、ある意味気まぐれな語りは時間に関しても同様で、「物語内の時間性は、ムルソーの生活の変化と比例しており、時間の流れる速度もそれに比例している」(六二)と物語すべてが物理的な時間ではなくムルソーの体感的な時間で動いていることを指摘する。これらをうまく表現するために作者であるカミュはわざと特定の時制を選んだのではないかと考察し、「よって、複合過去でなくてはならなかった」(六二)と結ぶ。

李春喜は両者の語りの違いを論じている。まずは共通項として、「どちらも登場人物である主人公が自らの物語を語るという自己物語世界的な物語である。」(李、一五三)とした上で、「過去の「私」のことを語る現在の「私」と、現在の「私」によって語られている過去の「私」は異なっているという意味において、Camus の『異邦人』と Salinger の *The Catcher in the Rye* の語りの構造は同じである。」(一五三)と構造的類似性も指摘する。とはいえ、両作品に全く違いがないわけではなく、「読者に与える効果という点で違いがある。それは物語の内容から生まれるものではなく物語言説の「叙法」の違いから来る」(一五四)とカミュが用いる叙法に着目する。ムルソーに関しては、「自分が見たり考えたりしたことを語るのであるが、それについて自分がどう考えているのかということを語らない」(一五六)、あるいは「第三者が語り得ることしか語らない」(一五七)とあたかもカメラアイ的視点で起きたことをそのまま語る傾向にあると主張し、逆にホールデンについては「自分にしか語れない自分の内面を隠さずすべて語っている。」(一五七)と内面の吐露をその特徴として挙げるている。よって李によると、ムルソーとホールデンを対比したときに浮かびあがってくるのは「両者は、焦点化の位置が違っている」（一五七）となる。

武本は時制を、李は語り手としての語りのスタンスを、それぞれ論じていたが、『異邦人』研究を三浦博司は網羅的にまとめている。[4] 三浦によると「「理由がない」はムルソーの口癖の一つ」（三浦、六三）であり、また「「理由がない」は、ムルソーの受動的な生活態度を示すもの」（六三頁）と捉えている。これはどことなくホールデンが発する“phony”を彷彿とさせるので後に再度触れる。時間に関しては「時の流れが止まり、神話的空間が生まれ、出来事はそこで歴史的因果関係とは無縁のかたちで起こる」（七七）と論じるが、ここは先に竹内が指摘したホールデンの「凍った魚」のイメージと重なる。また、「ムルソーにとって、問題は「時を殺すことにあった」」（九七）とし、「自分の過去をふたたび生きること、それこそが彼に残された唯一の生き方」（九七）と言う。語りに関しては、「ムルソーはわれ知らずして語り手となる」（一〇二）、「この語り手は自分自身以外の聞き手を持たない」（一〇二）とムルソーが独白であることに着目する。その上で、「彼にとっては、過去の体験を語ることによって生きなおすことを意味する」（一三九）と指摘し、「これまで語られてきた物語こそが、ムルソーによって生きなおされた、すなわち言説の中に再現された物語なのだと気がつくだろう」（一三九）と述べる。これは先に李の指摘のように、起きた出来事を語り、それを追体験のように物語が進行するところは『ライ麦』とも重なる部分でもあり、三浦の論考を双方に当てはめながら考えることも出来よう。さらに、上記でも触れた時間の超越性については、「上訴を断念し、死を受け入れ、空と一体化することで自己の空間化、脱時間化を試みるムルソーは、ついに夜空との一体化に成功する」（一四二―四三）と述べ、さらに「自己完結的な物語としてみずからを閉ざすことなく、あらゆる読解に開かれたまま」（一四五）であると言う。なぜそうなるのかというと、「まず始めに私たち読者の前に異邦人として現れるのは、主人公ムルソーではなく、語り手ムルソーのほう」（一五二）だからであり、武本や李が指摘した第三者的、あるいは感情を挟まないムルソーの語りは「主人公ムルソー自身が語り手である一人称の物語（等質物語世界的）であるにもかかわらず語り手は主人公の内面にはけっして入り込まず外的生活のみを語る（外的焦点化）という、本来相容れない二つの要素が『異邦人』においては融合されて実現しているのであり、ここにこそ、『異邦人』の新しさがあったといえる。」（一六七）と結論づける。なお、時間を超越した感覚に関しては「彼にとっては、ただおもしろいと感じるだけで十分なのだ。自分の感覚を全開して、外界の印象を受入れること。その時その時の現在時の感覚を生きることが彼にとって何よりも重要なのである。」（一九二―九三）とその刹那さのような感覚を重要視する。これは換言するならば、時間的にどこにも動けないホールデンとも同じ境地だろう。

安藤麻貴は武本らと同様、ムルソーの時間について論じる。まず、「純粋に現在時を生きるムルソーの姿」（安藤、二一九）があるとし、「カミュは、伝統的に小説の時制として用いられてきた単純過去形の代わりに、口語で用いられる複合過去形を物語の主要な時制として採用した」（二二〇）と武本と同様の見解を示す。その中でも、「過去や未来に関心を向けず、現在のみが全てであるムルソーという人物像を支えるのは、身体感覚に関する記述」（二二二）と作品内における身体の役割に着目する。また、李の指摘同様、安藤も「この小説の語り手は、冒頭部からその特徴を露わにしているように、一人称で語るにもかかわらず、内側を明らかにしない」（二二四）とその感情のなさに言及する。とはいえ、感情がないというのがムルソーの特徴なのかというと必ずしもそういうわけではなく、「語り手の心理や感情は不透明であるとしても、知覚に関してはそうではない」（二二四）とムルソーの知覚については読み取れるとする。結論としては武本に近く、ムルソーは現在という時を生きているとし、これまでの先行研究と同一線上にある。

佐々木匠は監獄の重要さを指摘する。たとえば、「監獄で人は常に現在を生きることを余儀なくされ、他方で、不条理もまた永遠の現在を生きることを意味する。この点において、監獄と不条理は重なり合う。」（佐々木、三八）と述べ、監獄であるがゆえにもたらされる現在を重要視する。そして、「カミュ作品における監獄と不条理が、ともに永遠の現在を余儀なくさせる点で結びつく」（三九）と『異邦人』のみならず、カミュの他の作品においても見られる特徴と論じる。『異邦人』に限って言えば、「ムルソーは監獄のなかで時間の境目が徐々に失われていくのを感じている」（三九）と現在しか存在しない、言い換えると時間を超越した時間、でしか生きられない状態になっているムルソー像を指摘する。

こうして語りと時間に関する『異邦人』についての先行研究を紡いでいくと、ムルソーは過去を語っているようであってもあくまで生きているのは現在時で、いや、そこにしか生きられないことが徐々に炙りだされ、それはカミュの時制や叙法を含めた描き方の特徴であるのと同時に、ムルソーの最終場面への助走のようにも思える。それでいてホールデンとやや異なるのは内面の吐露が明示的か否かとなるだろう。

ジャン・ポール・サルトルの「《異邦人》解説」は作品『異邦人』が出版されたわずか五年後に出されたもので、「彼が描こうとする異邦人は、自分の遊戯の規則を受けいれないが故に一つの社会のスキャンダルをなす、あのおそろしく無垢なる人たちの一人なのだ。」（サルトル、八九）がとても印象的である。なぜなら、この「無垢」はイノセンスということであり、それはホールデンの特徴のひとつでもあるからである。端的に言うと、イノセンスであるが故に社会とは調和できない、あるいは調和しないことでイノセンスを保とうとする、とも言える。これは先の三浦の論への言及で触れた部分でもあるが、ホールデンの口癖である“phony”は大人の世界を「インチキ」と呼んで批判するものであり、イノセンスとは対極にある言葉である。さらに、この社会と調和できないという部分は岩本茂樹が展開する社会学的アプローチからの『異邦人』読解とも通じており、それに関しては後述する。つぎに、サルトルはカミュをヘミングウェイと対比し、「われわれの作家がヘミングウェイに借りるものは、それ故、時間の非連続性を透写にする、きれぎれの文章の非連続性だ。われわれは今やこの小説の文の句切りを一層よく理解する。つまり、各々の章句は一つの現在だ。ただ、それは、しみをつくって、それにつづく現在へと延びてゆくような、不確かな現在ではない。」（一〇二）と指摘している。ヘミングウェイに関する詳細な言及については本論では割愛するが、短編における氷山理論など、その小説技法的な部分に関しては無論、幾多の研究[5]がある。

野崎歓は自分はカミュの専門家ではないと前置きをしつつも、テクストを丁寧に読み、解説を試みる。その中でも特筆すべきなのは、物語の終わりに関してで、あくまで仮定の話であるとしながらも、次のように述べる。


ムルソーは結局、死刑にはならなかった。（中略）久方ぶりに戻った彼は、夜になって机に向かい、紙を広げてペンを握る。大きく息を吸いこむと、なにやら書きつけ始める。

その肩ごしにのぞきこんでみると、ひょっとしたら次のような一行が目に飛びこんでくるかもしれません。

「きょう、母さんが死んだ。きのうだったかもしれないが、わからない。」

（野崎、一四四―四五）


着目したいのは、野崎の結末に関する仮定は結果、作品が物語の冒頭に戻るという部分である。作品冒頭でやおら突然物語が始まり、一連の出来事が語られた後に語っているその始めの地点に語りの現在が戻るというのは、前項で触れた『ライ麦』における語り、「もし君が、ほんとにこの話を聞きたいんならだな、まず、……」（サリンジャー、五）で始まり、「僕が話そうと思うのはこれだけなんだ。」（サリンジャー、三三二）で語り出しの時点に戻るという円環的な流れと軌を一にする。と同時に物語のほぼ最終場面において作品の語り手かつ主人公であるホールデン、ムルソーが共に自身が思う幸福感に包まれるというのも奇遇にも一致している。この点こそが両作品を対比的に見た際に浮かび上がる共通点でもあるので、次項にて再び論じる。

両者に見られる共通性——語りの円環、時間の超越、そして社会からの逸脱

ここまで『ライ麦』と『異邦人』を物語の流れと、先行研究をもとに追いかけてきた。それぞれの箇所の指摘を整理すると、まず両作品においては語りがホールデン、ムルソーそれぞれの一人称であることは共通しているが、出来事への私的感情を吐露しているか否かには違いがある。よって両者が全く同じ語り方をしているわけではない。しかし、物語が結末に向かっていき、その語りが閉じようとする際にその流れが保持されるのではなく、『異邦人』においてはあくまで野崎の仮定にすぎないが、物語の進行が閉じると同時に語りが最初の地点、つまり作品冒頭、に戻りうる可能性がある部分に共通性があるのは興味深い。

次に、物語の中では当然時間軸が存在し、日々が時系列的に語られていくのだが、ホールデンもムルソーも、そうした時の流れから超越したところに幸福感を感じているのも共通している。たとえば、ホールデンが二五章の回転木馬に乗ってフィービーを眺めているのはまさにそうで、「フィービーがぐるぐる回りつづけているのを見ながら、突然、とても幸福な気持ちになったんだ。本当を言うと、大声で叫びたいくらいだったな。それほど幸福な気持だったんだ。なぜだか、それはわ

かんない。ただ、フィービーが、ブルーのオーバーやなんかを着て、ぐるぐる、ぐるぐる、回りつづけてる姿が、無性にきれいに見えただけだ。」(サリンジャー、三三〇)と語る。この場面に関して、前項でも引用した竹内に倣うと、「生と死が交差し、流れ去る時間(雨)と円環する時間(メリーゴーラウンド)が交錯するまれな瞬間にホールデンは立ち合っている。(中略)回転木馬に乗るフィービーを見ながら雨にぬれているホールデンの最高の幸福感は、単一の自我からあらゆるかたちで解放されたことからきているとも言えるだろう。」(竹内『何も言いたくない』、二〇一)となり、生と死、現在と過去、のような二項対立的なものから解き放たれ、かつ時間を超越したところにホールデンはいることになる。

一方ムルソーはというと、第二部の最後で、「あの大きな憤怒が、私の罪を洗い清め、希望をすべて空にしてしまったかのように、このしるしと星々とに満ちた夜を前にして、私ははじめて、世界の優しい無関心に、心をひらいた。これほど世界を自分に近いものと感じ、自分の兄弟のように感じるとは、私は、自分が幸福だったし、今もなお幸福であることを悟った。」(カミュ、一二七)と語る。よって、ホールデンの二項対立的なものから解放された、混然一体な状態にあることへの指摘を踏まえて考えると、ムルソーもまた、自分と世界という対立軸から解放され、あたかも世界と一体化しているかのような境地に達している点ではおそらく、両者は同じような地点にいるのではないかと重なって見えてくる。

さらに、そもそも社会に対して適応しようとしない、言い換えると社会に合わせた振る舞いをしようとはしないのもホールデンとムルソーとで共通している。ホールデンに関しては、時間の概念、そして発する"phony"という言葉とイノセンスとの対立がそれと合致する。ムルソーについては岩本茂樹が「演技する社会」というキーワードのもとに、その振る舞いを社会学的観点から興味深く論じる。岩本は社会学者ゴッフマンの儀礼的無関心という考えを引き合いにだし、「儀礼的無関心を装うことで、私たちは周りに居合わせた人に敵意を持っていないことを示し、敬意を払っていることをほのめかす」（岩本、七七）と説明しながら、自身の葬儀での体験、周囲が期待したような悲しみ方でなかったことに起因する無言の抑圧のようなものを感じた、をもとに人々は社会から期待される振る舞いをするように仕向けられているのではないかと指摘する。そこに立脚して『異邦人』を読み解き、「結局、ムルソーが起こした事件の裁判は、殺人事件そのものではなく、ムルソーの日頃の言動、そして特に母親の死に際して取った行動に焦点が置かれてしまう」（八六）と解説する。そしてカミュの自序を引用、紹介しながら「状況に適した演技をとらなければ、それは死刑の宣告をされることになるというメッセージでもって社会の恐ろしさを述べて」（八七）いるとする。つまり、ムルソーは周囲の期待に沿わないがゆえに文字通りの異端者扱いをされ、そしてその社会から抹殺されることを余儀なくされていくということになる。よって"phony"と言いながら時間の概念がずれているホールデン、適切な振る舞いを拒絶するムルソー、どちらとも社会、そして時間から逸脱し、超越した存在であるということがこれまでの流れで見えてきたのではないだろうか。

こうしてホールデンとムルソーを対比してみると、両者には語り手という部分、時間軸を超越した境地での幸福感、そして社会からの逸脱という共通点があることがわかるだろう。ところで、ホールデンとムルソーとではもちろん、決定的に違うところもある。それは殺人についてだが、現時点から詳細にこれらを論じるには全体としてやや焦点がずれてしまうきらいもあるので別の機会としたい。

おわりに

本稿でこれまで見てきたように、『ライ麦』と『異邦人』には幾つかの共通点がある。まず、小説の語り、あるいは物語の進行、が最終的には結局最初の地点に戻るかのような、そんな円環が見られる可能性があることを確認した。そして、主人公であるホールデンとムルソーは共に時間を超越したところで幸福を感じており、かつ社会的規範から逸脱した存在でもあり、そうしたところにも共通性があることを確認した。つまり、『ライ麦』と『異邦人』は作品の構成として、あくまでこれは結果としてというのが妥当かもしれないが、似たようなフレームを持ち、その中で主人公たちは似たような境地に達している。最初に紹介したように、両作品はわずか十年も差がない時期に出版されたわけだが、上記特徴が国境を飛び越えても起こりうる、その時代が故のなせる業だったのか、あるいは本当に個々の作家が熟慮の末に辿りついたたまたまの事象であったのか。この点についての作家の歴史的背景を含めたさらなる詳細な検討、またムルソーの殺人に関しての研究については別論に機会を譲る。今はただ、ホールデンとムルソー、それぞれの人物像が物語において、そして彼らが感じた幸福感において、両者の影が重なって見えうるところが少なからずあると指摘して、この対比文学論の結びとする。

注

1. 例えば平出昌嗣「イギリス小説とアメリカ小説の相違点」(二〇一三)など。
2. シュヴレルは『比較文学入門』(二〇〇九)で「比較文学は、比較しうるものの構築をそれぞれの手続きの中心に据えた他の学問分野、比較言語学、比較神話学、比較人類学などと並んでいる。(中略)初めは仮説である。その仮説は、研究の結果においてしか、有効と認められることはないし、認められないことさえある。」(シュヴレル、一三八)とも言う。
3. 竹内はこの後ホールデンの兄DBについて論じるが本稿ではそこへの論考は割愛する。
4. もともとは二〇〇二年に出版されたが、増補改訂版が二〇一一年に出版されており、本稿はこちらの版をもとにしている。
5. 例えば、河田英介「小説空間の真実性/可謬性:アーネスト・ヘミングウェイ"The Light of the World"における氷山理論の効果と意義」(二〇一五)など。なお、サリンジャーがヘミングウェイからどのような影響を受けたのかについては別途研究する余地がある。

引用文献

J. D. Salinger, *The Catcher in the Rye*『ライ麦畑でつかまえて』野崎孝訳、白水社、一九八四。
アルベール・カミュ著『異邦人』窪田啓作訳、新潮文庫、一九五四。

イヴ・シュヴレル著『比較文学〔新版〕』、福田陸太郎訳、白水社、二〇〇〇。

ジャン・ポール・サルトル著「《異邦人》解説」、窪田啓作訳『サルトル全集』第十巻、人文書院、一九五三。

安藤麻貴「『異邦人』における「時の経過」について――現在時に生きるムルソーをめぐって――」大阪大学フランス語フランス文学会 GALLIA 第五〇号、二〇一一、二一九―二二八。

岩本茂樹『自分を知るための社会学入門』中央公論新社、二〇一五。

佐々木匠「監獄と芸術と不条理――アルベール・カミュにおける語りの場――」日本フランス語フランス文学会関東支部論集　第二七号、二〇一八、三三―四四。

竹内康浩『サリンジャー解体新書　『ライ麦畑でつかまえて』についてもう何も言いたくない』荒地出版社、一九九八。

竹内康浩『ライ麦畑のミステリー』せりか書房、二〇〇五。

武本智紗「『異邦人』における「語り」――動詞時制を中心に――」西洋文学研究 第二〇号、一九九九年、六一―六二。

野崎歓『理想の教室　カミュ『よそもの』きみの友だち』みすず書房、二〇〇六。

三浦博司『カミュ『異邦人』を読む――その謎と魅力――』増補改訂版、彩流社、二〇一一。

村上春樹・柴田元幸『翻訳夜話二　サリンジャー戦記』文芸春秋、二〇〇三。

李春喜「一人称小説における物語言説の構造について――Albert Camusの『異邦人』とJ. D. Salingerの *The Catcher in the Rye* における焦点化を中心に――」、関西大学英文学会『英文学論集』二〇〇〇年、一四五―一五九。

4 ウィリアム・ゴールディングの後期作品における曖昧さ

安藤　聡

ウィリアム・ゴールディング（一九一一―九三）は一作品ごとに全く異なった世界を描く作家である。処女作『蠅の王』（一九五四）では熱帯の孤島における少年たちの生存競争、『後継者たち』（一九五五）ではクロマニョン人に淘汰される最後のネアンデルタール人、『ピンチャー・マーティン』（一九五六）では大西洋に浮かぶ岩礁に漂着した（と思われた）海軍軍人の痛ましい生への執着、『自由落下』（一九五九）では自分の無垢喪失の瞬間を探求する同時代の画家の回想を綴る。『尖塔』（一九六四）は中世のソールズベリーと思しき大聖堂に尖塔を建立する野望を持つ聖職者の内面、『ピラミッド』（一九六七）は様々な劣等感に苛まれ音楽と化学の間で葛藤する主人公の追想を「ソナタ形式で」綴った物語である。だが、これら一見したところ互いに無関係に見える初期作品群は、『蠅の王』で〈蠅の王〉という鮮烈なイメージを伴って提示された人間に内在する〈心の闇〉すなわち〈原罪〉とそれを認識する〈痛み〉という主題を共有する。[1]

『ピラミッド』発表後ゴールディングは、十二年間の空白期間を挟んで、『可視の闇』（一九七九）

と『通過儀礼』(一九八〇)を立て続けに上梓した。後者は『閉塞』(一九八七)、『埋火』(一九八九)と共に三部作を形成する。『通過儀礼』と『閉塞』の間に、作家と批評家の関係と〈作者の死〉を主題とする『紙の男たち』があり、他に古代ギリシアのデルフォイを舞台にした遺作『双舌』が一九九五年に死後出版されている。これら後期作品でも〈蝿の王〉と〈痛み〉というテーマは一貫して扱われているが、特に『可視の闇』、『通過儀礼』以下三部作、そして『双舌』では言葉の多義性・曖昧性が重要な問題として共有されている。本章ではこの五作品における「曖昧さ」について考えたい。

『可視の闇』——曖昧な預言者

『可視の闇』は「第一部、マティ」、「第二部、ソウフィ」、「第三部、人は皆一人」(あるいは「人は皆唯一無二」)の三部で構成されていて、第一部冒頭は第二次世界大戦中のロンドンの港湾地区における空襲の場面から始まる。炎の中から突然、左半身に重度の火傷を負った身元不明の男児が現われ、病院に収容されてマティと命名される。その後マティは郊外の新興住宅街グリーンフィールドの孤児学校に送られ、小児性愛癖のある教師ペディグリーにその外見ゆえに冷遇され、やがて敬虔な金物屋フランクリーに引き取られるが、心の中ではペディグリーを慕い続ける。マティも教会に行くようになり、聖書を貪るように読み始め、教会で副牧師の言葉をきっかけに「自分は誰なのか」(Who am I?)を考え、またこの頃から劣等感と煩悩(色欲)に苦しむようになる。耐えられなくなったマティは豪州に渡り、金物店、書店、製菓工場などで働きつつ各地を転々とする。彼の内面の問いは「自分の正体は何か」(What am I?)、「自分の存在理由は何か」(What am I for?) と変わって行き、その「答え」の探求を続ける。車で移動中に辺境 (Outback) で先住民 (Aborigine) に襲われ、通りすがりの獣医に助けられ病院に運ばれると、マティの「冒険譚」は人々の関心を集め、説教師扱いされるに至る。彼の許には「聖霊」が降臨しているらしく、その「預言」を彼は人々に伝えようと試みるが、狂人扱いされ豪州を去ることになる。コーンウォールの港に到着したマティは曲折の末、自転車でグリーンフィールドに帰還し、職業安定所で紹介された学校警備員の職に就く。コーンウォール滞在中に彼は「正気であることを証明するために」(86)『欽定訳聖書』を中途半端に模した稚拙な文章で日記を付け始めた。

第二部はグリーンフィールドに住む作家スタンホウプの双子の娘ソウフィとトウニー(特に前者)の物語である。愛らしい双子は町の人々に愛され、「互いの存在がすべて」だと思われている (105)が、実は対照的な存在であることを両者ともに自覚し、ソウフィはトウニーに対して劣等感を禁じ得ない。長じてトウニーはキューバに渡って革命に関与し、ソウフィはロンドンの旅行代理店で働きつつ不毛な恋愛沙汰を繰り返す。やがてソウフィは場末のディスコで知り合ったジェリーとその友人の(マティが住み込みで働く学校の)体育教師ファイドウと共謀して児童誘拐を計画する。

第三部では古書店主シム・グッドチャイルドが主人公となる。マティは謎めいた「黒服の男」として登場し、マティに心酔する孤児学校教師エドウィン・ベルは友人シムを誘ってマティと「交霊会」を開催する。マティはペディグリーをも誘うが、ペディグリーは参加を固辞して逃げ帰る。スタンホウプ氏はこの会合のための場として、かつて双子が住んでいた庭の片隅の厩を提供する。同じ頃トウニーが帰国し、ソウフィとも再会するが、英国でのテロ活動を画策していることが後に判明する。トウニーは諜報機関に目を付けられており、厩には隠しカメラが仕掛けられていた。ソウフィらの誘拐計画は実行されるが、やがて彼女は自分がトウニー、ジェリーらに利用されていたことに気づく。テロに巻き込まれたマティは焼死し、一方で隠しカメラが捕えていた「交霊会」の様子はテロ事件に関係のあるものと考えられて報道され、シムらは大衆の好奇の目に晒される。最後の場面ではペディグリーが死に際に、すでに死んだはずのマティとの「再会」を果たす。

小説の巻頭には「私が聞いたことを語るのを許したまえ (Sit mihi fas audita loqui)」というウェルギリウスからの引用句がある（『アエネーイス』第六歌）。この叙事詩の主人公アエネーアスの言う「私が聞いたこと」とは「大地の底深く闇に沈んだ世界」である。一命を取り留めた幼いマティもまた戦火の渦中で生死をさ迷った際に見た「闇」について何かを訴えようとするが、発話に苦痛が伴うらしく上手く語れない (18)。長じてもマティは徹頭徹尾グロテスクなアウトサイダーとして描かれ、その「預言」は誰にも伝わらない。第三部に至ってエドウィンがそれに注目し、いずれシムがそれを敷衍する可能性が暗示されているが、結局のところマティは預言者なのか狂人なのかさえも曖昧なまま物語は終わる。語り手もマティを揶揄するような態度を続け、「正気であることを証明するために」書き始めた日記について、彼がそれを「この上なく突飛な理由で」付け始めたと

言う (77)。

『可視の闇』は戦時下から一九七〇年代までのロンドン郊外を舞台にした小説である。それは教会を中心とした古い英国的な村社会が崩壊した後の世界であり（金物屋フランクリーのような敬虔な家族も生き残っていたが、第三部で彼の店は取り壊されている）、そのような信仰を欠いた世界で預言者はグロテスクなアウトサイダーとしてしか存在し得ない。マティは戦争や信仰の欠如の背景、信仰をめぐる真実、終末観などについて「自分の聞いたこと」あるいは「聖霊の告げたこと」を伝えようとするが、結局は堕落した世界の犠牲者として炎に消えた。だが最終的に彼がペディグリーに幾許かの慰めをもたらしたことや、エドウィンを何らかの理解に導いたこと、あるいはシムという代弁者を確保したことが、曖昧にだが暗示されている。

ゴールディングは自作について比較的雄弁に語る作家であったが、『可視の闇』については沈黙を貫いた (Haffenden, 107–08; Carey, 364, 383)。神の声が届かない世界で預言者・殉教者を英雄として描くことには無理があり、作者がそれを声高に主張しても説得力はない。マティの預言は、あるいは彼が預言者であることは、読者が自分で気づかなければ意味を持ち得ないのである。だから語り手は曖昧な態度を貫徹し、作者は沈黙し続けたのであろう。

『通過儀礼』、『閉塞』、『埋火』――言語表現の限界

ブッカー賞受賞作『通過儀礼』はゴールディングの作品中『蠅の王』、『尖塔』と並んで評価が高い。ナポレオン戦争の頃(摂政時代)、総督補佐として豪州に赴く若い貴族エドマンド・トールボットが航海中に書いた日記という設定の小説である。この日記はトールボットの名付け親である上院議員に宛てて書かれる(3)。その船は海軍所属の古い帆船で、甲板に引かれた「白線」によって上層階級と下層階級に厳格に区分された英国社会の縮図である。高圧的な艦長アンダーソンはキリスト教を忌み嫌い、牧師ロバート・ジェイムズ・コリーを冷遇し船内での一切の宗教的活動を禁止する。信仰心というより義憤からトールボットはアンダーソンに抗議し、船内での礼拝を認めさせたことで、コリーはトールボットを敬愛するようになる。だがコリーは赤道の「通過の儀式」として船員らの悪ふざけの標的にされて受けた恥辱や、泥酔して醜態を晒したこと、さらに若い乗組員に同性愛的な行為を働いたことへの後悔と罪意識から、船室で自殺とも自然死ともつかない孤独死を遂げる。コリーが姉に宛てた手紙を読んで真相を知ったトールボットは、遺族への配慮とコリーに対して冷笑的な態度を続けたことへの後悔から、自分の日記を封印することを決意する。

『閉塞』もトールボットの日記だが、今回は名付け親に読ませることを前提としていない(6)。この書き手はそれまでの自分の高慢な振る舞いや過剰な自意識を反省し(3)、コリーを「生来の表現力を持つ」(133)「描写と語りに熟達した」(69)人物と認めている。またこの巻でトールボットは、

第二章の暴風の場面で頭部を強打したこともあって、自分が正気でなくなっている可能性に度々言及している(133, 191 etc)のみならず、前の日記で自分は「正直過ぎた」と言っている(14)。第三章で船は逆風のため霧の中で途方に暮れ、インドに向かう英国船〈アルサイオニー〉(アルシオーネ)と接近遭遇する。両船間の交友のための舞踏会が催され、トールボットはそこで出会った孤児の少女チャムリー嬢に一目惚れして、船が動き始め離れ離れになっても切ない片恋を日記に綴り続ける。彼はその心の痛みを言葉で表現しようとするが能わず、悶々と苦しみ続ける。『通過儀礼』では人間の理性や言語の可能性を過信していた合理主義者トールボットが、『閉塞』では人間の脆弱性や非合理性を痛感し、持病の片頭痛や怪我の後遺症、あるいは内面的な痛みを含めた多種多様な〈痛み〉に苛まれる。酒癖が悪く素行に問題のあった乗組員デヴェレルはアルサイオニーに引き取られ、アルサイオニー船長夫人との関係を疑われていた金髪の美青年ベネットと交換された。トールボットの身の回りの世話をしていた有能な客室係ウィーラーは前巻最終章で甲板から海に落ちた(落とされた)らしく行方不明になっていたが、アルサイオニーに拾われて戻って来た。彼はトールボットに何かを伝えようとして付きまとい、トールボットは彼を忌避し続ける。船はその後も速度低下に難儀し、ウィーラーはトールボットの船室で自殺し、この主人公の精神状態はさらに不安定になる。

『埋火』は日記ではなく、航海の後ある程度の年月を経て語られる一人称小説である。語りの「現在」がいつかは曖昧だがおそらくトールボットの晩年であり、結末近くで彼は七世代後(二十世紀末か二十一世紀初頭)の読者(子孫)に呼び掛けている(311)。悪天候が続き主檣が破損して航行速度はさらに低下し、主檣の支柱の修理をめぐってトールボットの親友の副艦長サマーズと新参者ベネットが対立する。トールボットはチャムリー嬢への恋文を認めるが上手く書けず、詩を試みてもその想いを表現し切れず、詩才にも恵まれたベネットへの嫉妬を禁じ得ない。彼は船乗りたちの独自の言い回し (Tarpaulin) に興味を示すが、それは彼らの言葉が海という自然の脅威を予想できないことを前提に成立しているからである (128)。自然の脅威も人間の感情も言葉で合理的に表現できないと彼は痛感する。ベネットは船底で鉄を鋳造して主檣を修理し、サマーズは船底で火を使うことの危険性を主張し続ける。経度の測定方法でも伝統的な経線儀を用いるサマーズと新しい方法を採るベネットが対立するが、両者が算出した値はほとんど変わらず、暴風雨と氷山に脅かされつつも船は無事シドニー湾の港に到着する。だが総督は不在で、父からの手紙で名付け親の死を知らされ、港に停泊していた船は船底の火が原因で炎上しサマーズは焼死する。トールボットが悲しみと絶望の深淵に沈んでいると、インドに向かったはずのアルサイオニーが入港し、チャムリー嬢との予期せぬ再会を果たす。二人はシドニーで短い幸福な日々を過ごし、彼女を乗せた船がインドに向けて出航してトールボットが再び悲しんでいると、父からの手紙で下院議員に選出されたことを知らされる。彼はチャムリー嬢に長い手紙を書いて求婚し、彼女からの承諾の返信が来て、インドで挙式ののちに二人で英国に帰還する。

この三部作では、人間の完全性や言語の可能性を無邪気に信じていた主人公が、一連の通過儀礼的な痛みの経験を経て、人間の感情の非合理性、自然の脅威、人間の脆弱性を痛感する。時代はフランス革命の直後で、帆船から蒸気船へ、古典主義からロマン主義へと移行した頃であり、古い帆船という閉塞的な空間で十八世紀的合理主義者トールボットは、内に秘めた埋火のような感情を合理的に抑制することも表現することも出来ないという現実に直面して、「夜と昼の間の保留状態に起こったことを説明する言葉を探す」(181)が、やがて「Nature（自然、人間の本質）を理解しようとするあらゆる試みを放棄」する(250)。ケヴィン・マッカロンはこの三部作で、「上流階級気取りで高慢で虚栄心に満ちた貴族の代表」であった主人公が「思慮深く憐れみ深くなって行く」と指摘する(51)。J・H・スティプも、彼が「物知りぶった自信過剰の自己扇動者からコウルリッジ的賢者に」成長していると言う(227)。トールボットが一度はラテン語で詩作を試みたのも英語では「明瞭過ぎて露骨過ぎる」という理由であった(*Fire Down Below*, 217)。彼はまた、物語の終盤に差し掛かると、記憶の曖昧さを繰り返し強調するようになる(248, 294 etc)。主人公の成長の重要な一部は、言語表現の限界を知った上で曖昧に語ることを学んだ点であると言えよう。

『双舌』——知られざる神

『双舌』はローマ時代のギリシアを舞台にした一人称小説で、デルフォイの神託の巫女（ピュティア）を引退した老女アリーカが追想を語る。幼い頃から女であるが故の不自由さや外見に起因する劣等感に苛まれていた彼女は、デルフォイのアポロン神殿の神託所に送られピュティアになるための教育を受けることになった。後見人となるローマ人の高僧イオニディーズは商業主義的に神託所を運営し、ピュティアがアポロンの神託を語っていることを実は信じていない。伝説ではアポロンがこの地を守る地母神ガイアの化身の大蛇（ピュトン）を退治してこの地を支配し、ピュティアは大蛇から受け継いだ双舌を用いて多義的で曖昧な預言を語る（デルフォイに由来する英語の形容詞 Delphic は「曖昧な」「多義的な」の意)。

アリーカは第二の見習いとしてイオニディーズの下で訓練を受けるが、その後ほどなく現職の高齢のピュティア (the First Lady) が死去し、第一の見習い (the Second Lady) が後を継いでほどなく急逝したため、アリーカが史上最年少でピュティアに就任する。イオニディーズは相談者や観光客に向けた「演出」として、神託を六歩格の定型詩で語るよう指示する。デルフォイの神託は地母神ガイアの化身であるピュトンをアポロンが制圧したことによって成立したため、男性原理による女性原理に対する支配という図式になっている。この図式はイオニディーズの支配下にあって抑圧されたアリーカの境遇に重なる。しかしながら神託を語る時、アリーカは「アポロンに強姦された」(119) 状態にあり、アポロンに憑り付かれた「狂気」(88) の中で無意識に語る。

当時デルフォイは「世界の中心」(33) と言われていた。だが実際のところ、神託所は老朽化が著しく、特に書庫の屋根は雪の重みで危険な状態にあった。冬季の神託所を閉鎖する期間にイオニディーズがアリーカを伴ってアテネに金策に行っても（一定の敬意は評されるものの）相手にされず、二人が帰る頃には書庫の屋根は崩壊している。一方でイオニディーズはギリシアのローマ帝国の支配下からの独立を画策していて、ある日忽然と姿を消し、エピロス地方で独立運動に関与して逮捕される。イオニディーズから謎めいた銀の鍵が届けられ、引退後のアリーカは冬のある日神託所に降りて行き、その奥に扉を発見する。鍵はその扉に適合し、開いて見るとそこにはただ岩が聳えていた。その翌日、アテネの執政官から書簡が届き、長年にわたるピュティアとしての業績を讃えてローマのマルス広場にアリーカの像を立てたいと言う。アリーカは自分の像ではなく質素な祭壇を立て、そこにただ一言「知られざる神に（TO THE UNKNOWN GOD）」と刻むよう提言して、この物語すなわちアリーカの追想は終わる。

デルフォイの神託はその曖昧さ、多義性で古くから知られていた。解釈次第で正反対の意味にもなり得るゆえ、その「予言」は決して外れることがない。デルフォイの神託の言葉は多義的であったために人間の自由と主体性が保証されていた、とギリシア古典学者の川島重成氏は指摘する（三一四）。曖昧に語られた神の言葉は、多義的であるだけに神に盲従することよりもそれを人間がどう解釈するかの方が重要なのである。古典学者・文芸評論家でゴールディングの友人でもあったピーター・グリーンは、第四作『自由落下』までが出版されていた時点で、ゴールディングの主題は「汝自信を知れ（Know thyself）」であると指摘している（78）。これは〈原罪〉をめぐる人間の本質を「知ること」について言っていて、グリーンのこの指摘は『双舌』をも含めたすべてのゴールディングの小説に当て嵌まるに違いない。「汝自身を知れ」とはデルフォイのアポロン神殿の前房《プロナオス》に刻印されていた警句で、「人よ、汝は死すべき者たるを自覚せよ。不死なる神のごとくあらんとするなかれ」という意味であり（川島、三一〇）、人間の「限界の中に崇高なるものを見出し、形あるものの中に美を求めるギリシア的人間観、芸術観の端的な表現」であった（三一一）。アレグザンダー・ポウプは書簡体詩『人間論』の「第二書簡」においてこの警句を「汝自身を知れ。不遜にも神を詮索するな。人間に相応しい研究対象は人間である」という文脈で引用している。『人間論』のこの一節を補助線とすると、「汝自身を知れ」と「知られざる神」が通底することが明確になり、そこがアリーカの到達点であったことが確認できるであろう。「知られざる神に」とは、『新約聖書』の「使徒行伝」第十七章でパウロがアテネで見た祭壇に刻まれた言葉であった。ギリシアのキリスト教化はアリーカの時代から数百年後だが、この結末は組織化された信仰へのアンチテーゼであると同時に、多神教から一神教への長い道程の小さな第一歩を暗示しているとも解読できよう。

曖昧さの意味

一作ごとに全く異なった世界に設定されたゴールディングの小説全十二作（三部作を一作と数えれば全十作）に共有される主題は、処女作で〈蠅の王〉というイメージによって表象された〈人間の本質〉あるいは〈原罪〉とそれを知覚する〈痛み〉であった。〈原罪〉は中世・ルネサンス時代の文学においてしばしば〈七つの大罪〉に分類され、例えばチョーサーの『カンタベリ物語』の「牧師の話」、ガウアーの『恋する男の告解』、ダンバーの「七つの大罪の舞踊」、スペンサーの『妖精女王』第一巻第四篇などで示されているように、〈高慢〉が最も根源的な罪であり、他の六つは高慢に付随する罪とされる。ゴールディングの主人公は皆、痛みの経験を通して高慢という原罪を認知するという過程を辿る。トールボットが経験するこの過程については既に触れたが、マティもまた自分が選ばれた預言者であると考える高慢を有形無形の痛みの経験を通して知覚し、アリーカも自分が神（アポロン）の声を伝えていると信じて（思い込まされて）いた状態から、最終的には神を知ることは出来ないという認識に至っている。このような全作品に通底する主題の他に、後期作品では特に〈曖昧さ〉がもう一つの主題として共有されている。

マティやトールボット、それにアリーカの物語が暗示しているように、自分が神の預言を伝えているという前提で語ることや、自分の他者に対する理解や言語能力を過信して断定的に語ろうとすることも、ある種の〈高慢〉であると言えよう。この三人の主人公がそれぞれの痛みの経験から到達した「曖昧に語る」という態度は、自分が語る内容の真偽の判断を他者（受け手）に委ねるという、高慢の対極の謙虚な姿勢に他ならない。このように考えると、〈原罪〉と〈痛み〉というゴールディングの全作品に共有される主題と、〈曖昧さ〉という特に後期作品に顕著に見られるもう一つの主題が、密接に関係していることが明らかになるであろう。

物事を断定的に語らない態度は、詩人キーツが二人の弟に宛てた書簡で「特に文学的な偉人を形成する性質」として指摘している「消極的能力 (negative capability)」すなわち「気短に事実や理由を求めることなく曖昧さや謎や疑惑の中に身を置くことが出来る能力」(863) とも関係があるに違いない。人間の自然言語には必然的に曖昧な要素が多く含まれるが、曖昧さを極力排除しなければならない法律の条文や契約書、あるいは取扱説明書の文章とは違って、文学的表現は曖昧さが命と言ってもよかろう。デルフォイの神託と同様、曖昧だから読者の解釈の余地が広がり、そこにその作品の創造性や可能性があるに違いない。真の芸術作品は多義的であり、その芸術性が本物であればあるほど多くのことを意味する、と言ったのはジョージ・マクドナルドであった(425)。キーツは先に引用した文脈で、「消極的能力」を顕著に有する偉人の例としてシェイクスピアを挙げているが、確かにシェイクスピアの作品にも曖昧な要素が目立つ。一例を挙げれば『ハムレット』において、ハムレット王の亡霊は、煉獄から帰還した魂なのか、ハムレット王子を破滅に導く悪魔的存在なのか、あるいは王子の心理状態が生み出した幻覚に過ぎないのか、いずれにも解釈できる。このように核心部分を敢えて曖昧に提示するのも「消極的能力」の故であり、そのために異なった価値観を持つ観客や読者に対してもこの作品は等しく価値を持ち得るのであり、時代が変わっても古典として生き残るのであろう。

ゴールディングは初期作品では作品解釈における作者の優位性を信じて、作者として読者に「読ませる」立場から書いていたが、その後はその確信が鳴りを潜めて読者に「読まれる」立場から書くようになった、とゴールディング研究家の宮原一成氏は指摘する(五―六)。この作家が後期作品で「曖昧さ」をもう一つの共通テーマとしているのは、このような作者としての態度の変化と連動しているのかも知れない。

註

1. このことについての詳細は拙著『ウィリアム・ゴールディング――痛みの問題』（成美堂、二〇〇一）を参照されたい。

引用文献

Golding, William. *Darkness Visible*. Faber and Faber, 1980.

——. *Rites of Passage*. Faber and Faber, 1982.

——. *Close Quarters*. Faber and Faber, 1988.

——. *Fire Down Below*. Faber and Faber, 1990.

——. *The Double Tongue*. Faber and Faber, 1996.

Green, Peter. 'The World of William Golding', Norman Page ed., *William Golding: Novels, 1954–67*. Macmillan, 1985, pp. 76–97.

McCarron, Kevin. *William Golding*. Northcote House, 1994.

Carey, John. *William Golding: The Man Who Wrote* Lord of the Flies. Faber and Faber, 2009.

Haffenden, John. *Novelists in Interview*. Methuen, 1985.

川島重成『ギリシア紀行――歴史・宗教・文学』岩波書店、二〇〇一。

Keats, John. 'To George and Thomas Keats', M. H. Abrams ed. *The Norton Anthology of English Literature*, Fifth Edition. W. W. Norton & Company, 1986, pp. 862–63.

MacDonald, George. 'The Fantastic Imagination'. Rolland Hein ed. *The Heart of George MacDonald*. Harold Shaw Publishers, 1994, pp. 423–28.

宮原一成『ウィリアム・ゴールディングの読者』開文社出版、二〇一七。

Stape, J. H. 'Fiction in the Wild, Modern Manner: Metanarrative Gesture in William Golding's *To the End of the Earth* Trilogy'. *The Twentieth Century Literature*, Vol 38, No 2. Hofstra U, 1992, pp. 226–39.

5　願いを叶えるためのコミュニケーション

――「パディントン」の世界において、願いを叶えるための構造を探る

大和久　吏恵

はじめに

『くまのパディントン（*A Bear Called Paddington*）』は一九五八年に十月に出版された。作者マイケル・ボンド（一九二六―二〇一七）は、妻へのクリスマス・プレゼントとしてセルフリッジの棚に残っていた一体のくまのぬいぐるみを購入した。ボンド夫妻はそのぬいぐるみを「パディントン」と名付け、[1]ボンドはパディントンからインスピレーションを得て、物語のキャラクターを確立させた。その後、「パディントン」シリーズとして二〇二一年現在までに十五冊の物語が出版されているほか、数々の絵本やキャラクター商品も販売されている。さらに二作の映画も作成され、人気を博している（現在、三作目の制作が進められている）。

「パディントン」シリーズには、パディントンをはじめ様々な人物が登場し、誰もが大なり小なり願いを持っている。登場人物が願いを叶えるための障壁となっているのは、大概がコミュニケーションによるものである。彼らの願いと願いを叶える過程は、物語と映画で異なる描かれ方をして

いる部分もある。本稿では、まずパディントンの登場シーンに注目したのち、物語と映画において強力な個性を持つ登場人物を「善人のグループ」「悪人のグループ」「悪人から善人へ改心するグループ」[2]に分け、彼らの願いとコミュニケーションの取り方に焦点を当てて論ずる。

パディントンの登場

ブラウン夫妻がのちにパディントンと名付けるくまに初めて出会ったのは、鉄道のパディントン駅構内だった。物語では以下のようにパディントンを描写している。

影になっているところに、ぼんやり、何かちいちゃな、ふわふわした**もの**が見えました。**それ**は、スーツケースらしいものの上に腰をかけていて、首から何か書いた札をぶらさげていました。（ボンド『くまのパディントン』一一）［太字は筆者による］

原文で「もの」は“object”と表記され、この時点でパディントンは「物、物体」（『ジーニアス英和辞典』一三三七）とみなされ、「それ」の表記である“It”で前文を受けることによって性別不明の動物扱いとなっている。しかし、くまが帽子をとって英語で挨拶をすると、夫妻はすぐにこのくまに対する態度を変える。動物というよりも人間の子どもに近い扱いをしだすのである。夫妻との対話のなかで、このくまが英語を話せる理由が明らかになる。ペルーから来たくまは両親がなく、おばのルーシーが育てていた。彼女は甥の将来が開けるようイギリスに移民させる願いを抱き、イギリス社会に同化できるよう英語教育を受けさせる。加えて、帽子をとって挨拶するようなイギリス社会でのマナーも学ばせていた。[3] 移民にとって英語が話せることは「イギリスの人間社会へ参入するための切符のようなもの」（若谷、六二）で、「主流な文化の言語をすでに身につけている、意欲的な学習者」（Smith, 41）として寛容に受け入れられる。この「主流な文化の言語」とは移民が到着するイギリスの言語、すなわち英語であり、「主流な文化」とはイギリス人主体の文化で、「パディントン」シリーズにおいては、作者ボンドの属する二十世紀初頭の中流階級の価値観や権力の影響を帯びた文化である。くまは「同情すべき登場人物として肯定的に表現されている一方で、主流な文化の（善意の）支配下にある他者」（Smith, 38）として、ブラウン夫妻の周辺にいる人々にみなされる。イギリス国民かつ中流階級にいる自分たちよりも、経済的社会的立場が下であり自分たちと同じ言語を使いマナーも学んでいるくまは、移民として他者ではあるものの疎外したり敵視したりする存在には当たらない。そして、このくまと会う人々は、彼が英語を話している事実に誰も驚かない（安藤、二二八）し、理由を尋ねることもない。

善人のグループ

このグループにはパディントンとブラウン一家、そして骨董屋のグルーバーが属するが、「家族」という観点からパディントンとヘンリーに焦点を当てる。

移民であるくまの願いは、ペルーに暮らすおばの願いでもある。彼女は甥の首に「どうぞこのくまのめんどうをみてやってください。」と書いた札をかけて、イギリスに送り出した。「めんどうをみてやって」とは、具体的に衣食住の世話をすることと、年老いた自分しか身寄りのない甥に家族を与えてほしいという二つの願いが込められている。パディントン駅でくまを見つけたブラウン夫妻は彼の状況を知り、妻のメアリーが数日間家に泊めてやろうと提案する。くまは嬉しさで飛び上がり、家に連れて行ってほしいという願いをわかりやすく表現する。夫妻は自分たちの名前を名乗るのだが、くまは「ペルー語の名前しかなく、だれにもわかりっこない」と言う。

「じゃあ、英語の名前をつけてあげなくっちゃね。」とブラウンさんの奥さんはいいました。
「そのほうが、何かにつけて便利ですもの。」（中略）
「わたしたち、パディントン駅であなたを見つけたでしょう。だから、あなたのこと、パディントンって呼ぶことにしましょう！」
「パディントン！」

クマは、たしかめるように、パディントン、パディントンと何度も繰り返しました。

「ずいぶん長い名前のようですけど。」

「なかなか堂々とした名だよ。」とブラウンさんはいいました。「うむ、気にいった。パディントンっていうのは、いい名前だよ。よし、パディントンにしよう。」

（ボンド『くまのパディントン』一八―一九）


この短い会話の中に、指摘すべき点がいくつか含まれている。まず、くまにはペルー語の名前があるのに誰も聞いてみようとしない。そして英語の名前をつけることに誰も異を唱えない。「パディントン」という駅名でも地名でもある極めてイギリスに関係が深い名前を提示されたくまが、その言葉の長さにまだ納得できていないのに、ヘンリーは「気にいった」と宣言し有無をいわさずパディントンに決定してしまう。この宣言的発話行為は、移民に新しい名前を与える力を持っているのは主流な文化の出身者だけであることを示している (Smith, 42-43)。ブラウン夫妻はくまに善意で名前を与え、くまはイギリス社会で暮らし「めんどうをみて」もらうために、その名前を受け取る。そしてパディントンは「ブラウン家に根をおろして、家族の一員になりました。」（ボンド『くまのパディントン』一一四）願いを素直に伝えるコミュニケーション能力を持ち、主流な文化を受け入れることのできたパディントンは「模範的な移民」(Smith, 44) であり、願いを叶えることができる。同時にペルーではなくイギリスに甥の未来を託し、移民として受け入れられるよう教育を施したおばの願いも叶うのである。

一方、パディントンを家族に迎え入れたヘンリーにも願いがある。それは「家族との関係を良好にし、絆を取り戻す」というものである。物語では、メアリーの意見には逆らえないとか、家政婦のバードが少し苦手である程度で、ヘンリーはさして問題を持たない家族思いの父親として描写されている。しかし映画「パディントン二」[4]ではヘンリーの職業が保険業と設定され家族思いの部分が強調されることで、家族の行為に関してリスクを逐一数値で表すような口うるさい父親として描かれている。その結果、子どもたち（ジュディとジョナサン）からは煩わしく厳格だと疎まれ、妻メアリーの心中にある彼の英雄的なイメージもかすませていた (Zhixia, 536–37)。ところがバードの語るエピソードによって、子どもたちも観客も「英雄的」だった若かりし頃のヘンリーの姿を垣間見、彼の性格の変容を知ることとなる。

「いや、オサラバしたのはバイクさ」バードさんはいいました。
「1000シーシーの大型だよ。大むかしのあの人は、命知らずもいいところだった」
（中略）「父親になったのさ」バードさんはいいました。
「なにかと安全第一になるのは、たんに、おまえたちを愛してるから。ほとんどのパパたちのように、無鉄砲なじぶんをおさえこんでるんだよ。

（ウィリス『パディントン　ムービー』一一四―一一五）

映画では、ジュディを出産して病院を後にしたメアリーがヘンリーの車を見て「ベージュ！」と叫ぶ回想場面が続く。入院に際し二人乗りしてきたバイクは、安全性の高いボルボに変わっていた。しかも「分別のある色」（ウィリス『パディントン　ムービー』一一五）とされているベージュだったのだ。

ヘンリーは早くパディントンを追い出したかったこともあり、家族の懇願に応え、パディントンと地理学者協会へ出向く。この協会に属していた探検家がペルーのおばと（映画では存命だった）おじに会い、パディントンをイギリスに移民させるきっかけを作ったのだ。パディントンは探検家の残した帽子を持参していたため、探検家を探せればパディントンを厄介払いできるだろうと、ヘンリーは考えていた。しばらく家族関係は良好だったが、ミリアムの襲撃によってパディントンがブラウン家で火事を起こしたことから事態が一変する。パディントンが説明した火事の経緯を信じるか否かでヘンリーとメアリーが口論する最中に、パディントンは家を出て行った。

パディントンの家出を「これで良かった」「住む世界が違った」と片付けようとしたヘンリーは、家族からさらに失望され疎外される。彼の危機的状況を再びバードが救う。

「わかんないのかい？　あのクマが、あんたたちを必要としているのとおなじくらい、この家族にも、あの子が必要だってことさ。」（ウィリス『パディントン　ムービー』一六〇）

この一言で彼は変わった。「家族との関係を良好にし、絆を取り戻す」という願いを叶えるためには、パディントンを救わなければならない。家族の協力も得てヘンリーは大立ち回りを演じ、ミリアムに捉えられていたパディントンを「家族の一員なんだ、家族はけっして離れない」(ウィリス『パディントン　ムービー』二〇一六)と言って救い出した。こうしてパディントンがブラウン家に戻ったことで、崩れつつある家族に代表される共同体は結束を取り戻し(日下、六六)、ヘンリーの願いは叶った。実際のところ「パディントン一」のテーマはパディントンの家族探しでもあったため、[5]同時にパディントンの願いも叶ったのである。このように「善人のグループ」に属する登場人物は、パディントンの願いを叶えるために協力することで、自分の願いも叶えられるのである。

悪人のグループ

このグループには映画に登場する準主役が属する。「パディントン一」でパディントンに敵意を持ち続けるクライド・ミリアムと、「パディントン二」で彼に窃盗の罪をなすりつけるフェニックス・ブキャナンである。彼らもまた願いを持っている。

ミリアムの願いは、言葉を話すくまの標本を作ることである。彼女の父モンゴメリは地理学者協会の探検家で、ペルーでルーシーたちに出会う。彼は言葉を話すくまがいたと協会に報告するが、証拠としてくまを剥製にするのを拒んだため、協会員から除名され探検の記録も消去されてしまう。その後モンゴメリは全ての地位を捨てて動物園で働き、ミリアムはクラスメートからロバの肥だめのせいで臭いとからかわれ、不遇な少女時代を過ごした。

彼女はパディントンを捕まえたときに、こう言い放つ。


「父がペルーからもどって、地理学者協会で映像を見せたき、メンバーは当然のように、標本を博物館に飾りたがった！」……

「でも、なんということか、父はこういったの。クマは〈高い知能〉があるし、〈文化的〉で、傷つけることはできませんと！協会はその場で父を除名した。お金持ちになって、有名になることもできたはずなのに！」（ウィリス『パディントン　ムービー』一七七）

彼女はさらに「父はまちがっていた」から、自分が言葉を話すくまの剥製を作ると言う。

しかし今回はパディントンがロンドンにいるのだから、実物を見せに彼を地理学者協会へ連れていけば父の探検は真実であり名誉を回復させることができる。すでに成人して博物館の剥製部に勤める彼女ならば、地理学者協会員相手にそのくらいのコミュニケーションを取る能力はあるはずである。それをしない理由は、博物館にパディントンの剥製を飾ることで彼女は「お金持ちになって、有名に」なれる、つまり富と名声を手に入れられるからである。富と名声を手に入れなかった父を「まちがっていた」と評しパディントンを憎んだ彼女は、あと一歩のところで願いを叶えられない。

一方、ブキャナンの願いはマダム・コズロヴァの『飛び出す絵本』を手に入れることである。実はパディントンの願いもこの本を手に入れることなので、問題が起きてしまう。この本を巡って二人は対照的な動きをした。パディントンはおばの百歳の誕生日プレゼントを探している最中に、馴染みのグルーバーの骨董品店でこの本を見つけた。ブキャナンは移動遊園地開催の司会をしている最中に、パディントンからこの本の存在と場所を聞いた。パディントンは本を手に入れるためにアルバイトをして資金を貯めた。ブキャナンは変装して本を盗みその罪をパディントンに擦り付けた。パディントンが刑務所で服役している間に、ブキャナンは絵本に描かれたロンドンの名所を訪れていた。パディントンは絵本の秘密を知らなかったが、ブキャナンは知っていた。それはコズロヴァが絵本に込めた暗号を解くと、彼女の残した財宝が手に入るという秘密だった。今ではドッグフードの宣伝をするだけの仕事しかない彼だが、その財宝を使ってワンマン・ショーを開き、名優の座を取り戻したいというのが真の願いだったのだ。

パディントンとブキャナンの願いは一見同じであるが、実は異なっている。パディントンが手に入れたいのは「絵本そのもの」であり、それは他者（＝おば）のためである。ブキャナンが手に入れたいのは「コズロヴァの財宝」であり、自分のためである。俳優でもあり絵本に関する情報量の多いブキャナンならば、自分の願いを悟られないようパディントンと交渉し、双方の願いを叶えるようなコミュニケーション能力を持っていても不思議ではない。しかしブキャナンはパディントンに対しては窃盗の罪を着せるだけであり、彼の願いの本質が「富と名声」すなわち「欲」であるため(Zhixia, 537)、ミリアムと同じく願いは叶えられない。

悪人から善人へと改心するグループ

このグループには「パディントン二」に登場するナックルズ・マギンティや他の囚人たちが属する。彼らは根底に承認欲求を持っている。そして悪人のときに持っていた願いは善人に立場が変わると変化する。

ナックルズは料理番として腕力で囚人たちを牛耳っている。囚人たちは彼の暴力性を恐れ、料理がまずくても抗議するアイディアすら湧かぬまま十年以上過ごしているという。ブキャナンの罠にはまり刑務所に入れられたパディントンは料理の酷さにショックを受け、メニューの変更を求めてナックルズの元へ行く。パディントンは「どんな人だって、さがしたら、いいところがかならずある」(ウィリス『パディントン ムービー二』一一六)という信条を持ち、願いを叶えるためにはコミュニケーションを欠かさない。しかし囚人たちの予想通り、ナックルズはパディントンに立腹し彼を「クマのパイ」にしてやると脅す。身の危険を感じたパディントンが咄嗟に非常用マーマレード・サンドウィッチをナックルズの口に突っ込んだところ、その美味しさに彼の態度が軟化した。パディントンの非常用マーマレード・サンドウィッチは、物語でも映画でも幾度となく彼の窮地を救っていて、刑務所でも威力を発揮したのだ。ナックルズの国籍は不明だが、「イギリスの国民食」（福本、二〇一二）であるマーマレードを知らず、囚人という点でも、彼はイギリス社会の規範を外れている移民的存在として位置づけられている。この場面は、彼がマーマレードを好むようになったことでイギリス社会に順応していく兆しを示している。

ナックルズがパディントンに協力してマーマレードを作り、囚人たちの朝食に出したところで、暴君として恐れられていた彼の別の面が現れる。

「やっぱりな、まずいっていうんだろ？　親父にいつもいわれた、おれはダメ人間だって。そのとおりだ！」（中略）

パディントンに手を引かれ、ナックルズはしぶしぶ食堂にやってきました。すると囚人たちはサッと立ち上がって、割れんばかりの拍手を送り、歓声をあげ、足を踏み鳴らしました。

「ナックルズに、ばんざい三唱！」（中略）

ナックルズの胸の中に、誇らしい気持ちとよろこびが、じんわりと広がっていきました。

（ウィリス『パディントン　ムービー二』一五六―五七）

ナックルズは自信のなさを他者への暴力で隠していただけで、感謝や賞賛を受ければ社会性も芽生え更生への道も開かれる素質を持っていたのだ。囚人の中には料理上手もいて、彼らの協力を得て刑務所の食事のレベルが上がった。食で満足を得た囚人たちは、パディントンが導入したイギリス社会のマナーも習得することで、行儀と社会性をも身につけた。

パディントンと親しくなったナックルズは、ほかの囚人と結託して表向きは「パディントンを開放するため」脱獄を計画する。彼らは絶妙なコミュニケーション術で家族の絆の脆さを語り、独房で気力が萎えていたパディントンを唆す。ナックルズらの真の願いは、脱獄し隠しておいた飛行機で他国へ脱出することで、パディントンの願いとは直接関係がなかった。裏切られた形になったパディントンは飛行機に乗らずに彼らと別れ、ブラウン一家と連絡を取り、ブキャナンから絵本を取り戻しにパディントン駅へと急ぐ。列車内での攻防の末、ブキャナンの策略で車両ごと湖に落とされたパディントンは、間一髪のところでナックルズたちに命を救われる。彼らはパディントンの苦境を知り、承認欲求を満たし誇りと自尊心を取り戻してくれた友人を救うため、国外脱出の願いを捨てたのだった。戻ってきた理由を問われたナックルズは、自分一人ではマーマレードが作れないとパディントンとの友情を周囲に伝えた。結果としてパディントンを救うという彼らの願いは叶えられ、パディントンの友人という善人側に立場が変わった彼らは、イギリス社会に「ティールーム開設」という仕事と居場所を与えられ、再び収監されることはなかった。

おわりに

本論では、まず移民としてイギリスに到着したくまが物扱いをされるところから始め、移民がイギリス社会に順応するにはその土地で主流の文化を受け入れる必要があることを述べた。その象徴として、くまは故郷ペルーでの名前を捨て「パディントン」というイギリス風の名前を受け取り、イギリス社会に居場所（家族）を得るという願いを叶えた。それから、個性的な登場人物を「善人のグループ」「悪人のグループ」「悪人から善人へ改心するグループ」に分け、彼らがパディントンとどのようにコミュニケーションを取ったか、あるいは取らなかったかという点に着目した。その結果、物語でも映画でも「パディントン」の世界では、善人として描かれている人物もしくは善人に変わった人物は、パディントンとコミュニケーションを取っていて、彼の願いを叶えるために動くことで、同時に自分の願いも叶えられる構造となっていることがわかった。

謝辞：成城大学「英語文化アカデミック・ベイシックスⅢa」における学生との対話から、本論のヒントを得た。ここに謝意を記す。

註

1. ぬいぐるみのくまが「パディントン」と名付けられた理由は、拙稿「駅から始まる物語——くまのパディントン——」(二〇一八、七一)に記した。
2. このグループ分けは、Zhixia の論文を参考にしている。彼の論文では「第三の陣営」という名称を、本論では登場人物の心理変化を表すため「悪人から善人へと改心するグループ」としている。Zhixia 論文ではカリーもここに属しているが、本論では趣旨から遠くなるためカリーを含めていない。
3. 同化とは移民先の社会に対して一方的に順応することである。移民たちは自分たちの言葉や文化や社会性を捨て、人口の大多数と同じようになることを期待される。(Castles, 245)
4. 二〇二二年現在、映画「パディントン」「パディントン二」が公開されている。本稿では一作目の「パディントン」を便宜上「パディントン一」と記す。
5. 物語では家族探しの願いは比較的早期に叶えられるが、「パディントン一」では最後まで叶えられない構造になっている。

引用文献

Castles, Stephen, & Miller, Mark J., *The Age of Migration: International Population Movements in the Modern World*. Macmillan, 1998.

Bond, Michael. *A Bear Called Paddington*. HarperCollins, 1958.

——. *Bears & Forebears: A Life so Far*. HarperCollins, 1996.

Smith, Angela. "Paddington Bear: A Case Study of Immigration and Otherness." *Children's Literature in Education* 37.1 (2006): pp. 35–50.

Zhixia, Yang. "An Analysis of Metaphorical Expressions of Game and Symbiosis in Paddington Bear I and II." Proceedings of the 1st International Symposium on Innovation and Education, Law and Social Sciences (IELSS 2019). Advances in Social Science, Education and Humanities Research, volume 342. pp. 534-38. https://www.atlantis-press.com/proceedings/ielss-19/125916421（二〇二一年十月三十日閲覧）

安藤聡「『くまのパディントン』五十周年」『ファンタジーと英国文化――児童文学王国の名作をたどる』彩流社、二〇一九、二二五―二三三。

大和久吏恵「駅から始まる物語――くまのパディントン――」『シルフェ〈本の虫〉が語る楽しい英語の世界』シルフェ英語英米文学会編、金星堂、二〇一八、六八―七七。

日下、JA「映画『パディントン』分析――原作改変に潜む過去への志向性」『言語文化』第三六号、明治学院大学言語文化研究所、二〇一九、六三―八一。

小西友七、南出康世編集主幹『ジーニアス英和辞典』第四版、大修館書店、二〇〇六。

ジャンヌ・ウィリス『パディントン　ムービーストーリーブック』キノブックス、二〇一五。

ジャンヌ・ウィリス『パディントン２　ムービーストーリーブック』キノブックス、二〇一七。

福本由紀子「Paddington Bear 物語における marmalade の意味」*Mukogawa Literary Review*、五〇号、二〇一三、一―一九。

マイケル・ボンド『くまのパディントン』福音館書店、二〇一五。

若谷苑子「英語を話し人間社会で生きるクマ――*A Bear Called Paddington* における Paddington の位置づけ――」白百合女子大学児童文化研究センター研究論文集、第二一巻、二〇一八、六一―八〇。

6　長崎の使い方

――カズオ・イシグロの『遠い山なみの光』

鈴木　章能

はじめに

カズオ・イシグロの『遠い山なみの光』を巡っては、長崎を描いていないという見方が少なくない（Lewis, Shaffer, Parkes ほか、平井『カズオ・イシグロ』参照）。一方で、最近は長崎の現地調査をもって、そうした意見を否定する論も出ている（平井、荘中ほか）。本論では、後者の意見を支持し、筆者が知る限りにおいてこれまで指摘されていない長崎の言葉や建物、風習を巡る描写を小説に確認しつつ、イシグロが長崎をどのように表象し、それによってどのようにエツコの回想を構築したのか、論じてみたい。用意される結論は、言語の指示性と真実の了知可能性が否定された時代、言語を用いて、回想のリアリティを保証して人間を記録するために、イシグロは長崎を正確に――しかし、事実をずらして――描いたということになる。[1]

長崎の正確な描写とずらしの手法

イシグロは一九九〇年にスウェインとのインタビューで、地域についての正確な描写には興味がなく、想像上の風景を描いていると述べた (Swain, 99)。別のインタビューでは、小説家は歴史家に求められるような正確さは必要ないと述べており、小説を執筆するにあたって、世界の読者の理解のために、創作の最初期の段階から、英語の地口や言葉遊びを用いないなど、地方色を避けてきたと言っている（青木、三〇四—〇五）。それゆえ、イシグロは世界の読者にとっての読み易さ、言い換えれば、翻訳の容易さをはじめから意識して作品を書いているという意見もある（菅野、六一—七二）。仮にそうであれば、英語やイギリスのみならず、長崎の表象にも長崎特有の言葉はもちろん使われておらず、地方色が薄められていて当然であろう。

だが、『遠い山なみの光』には長崎言葉すら書かれている。いまは代表的なものを一つ挙げておく。小説の序盤、エツコの回想の中でサチコが「町へ行く」("I must get into town," 15) と言うところがある。この表現は、現在も長崎市の人々が用いているもので、長崎市の中心街である「浜町へ行く」という意味である。同様に、サチコは「長崎に行く」("I have to go into Nagasaki," 15) とも言うが、これもまた、長崎市の中心部から離れて暮らす人々が、浜町に行くという意味で用いる表現である。サチコは、一年ほど前に東京から長崎の伯父の家に引っ越してきたが、サチコが日頃使っている言葉は「東京言葉」(13) であると小説の出だしに明記されており、またサチコは「東京を離れる必要なんかなかった」(45)とか、「東京にくらべたら、長崎なんかひっそりとした小さな町の感じだわ」(68)などと言って、長崎のことをあまりよく思っていないことから、彼女が長崎言葉を用いるとは考えられない。したがって、サチコが用いる「町へ行く」、「長崎へ行く」といった長崎言葉は、サチコが実際に口にしたものではなく、回想の語り手エツコの言葉だと考えるのが妥当である。エツコは中川の生まれであり、中川は中心街の浜町に近いことから、「町へ行く」という言葉は彼女自身が長崎にいるときに常に使っていたはずであり、長崎から遠く離れたイギリスで回想するいまは、中心街から離れて住む人々が使う「長崎へ行く」という言葉を用いることになる。回想におけるエツコとサチコの一体化については、小説もかなり進んだところで、エツコがアメリカ行きを拒むマリコに、母のサチコとアメリカへ行くよう説得するなかで、「あなたたち」(you)という主語が「私たち」(we)という主語に変わってしまう場面(173)がよく知られている。しかし、長崎の正確な描写を意識すれば、エツコとサチコの一体化は小説の冒頭からすでに自明である。ちなみに、アメリカ兵と結婚して渡米を夢見るサチコが浜町へ頻繁に出かけるのは、戦後「浜町通りにダンスホールができて、ニッポン娘とアメリカの兵隊たちは夜も昼も踊った」(濱屋百貨店、二七六)からであり、そこにフランクがいたからである。サチコのような女性は戦後の長崎だけでなく日本中にいた——いわゆる戦争花嫁——が、日本で生んだ子ども——いわゆるGIベビー——を殺して死産として扱うという悲劇も多々起こった。小説内に出てくる長崎での連続子殺しは、このことを示していると考えられる。

『遠い山なみの光』には、言葉のみならず、長崎市内の建造物や自然も正確に描写されている。小説内の平和公園、稲佐山、稲佐山公園、ロープウェイとテレビ塔、浜屋百貨店等々は現実に存在するものである。場所の名前が書かれなくても、その描写から、フジワラさんのうどん屋は新大工町商店街にかつてあったうどん屋、電線が絡んだ電停は蛍茶屋、そこから歩く「丘の斜面の至るところに建っている家々」や「細い道」はイシグロの生家の近辺、とすぐにわかるほど、正確に描かれている。ほかにも、アメリカの車が走っていたこと、アメリカ兵がいたこと、身なりを綺麗にしてアメリカ人と一緒にいるサチコのような日本人女性がいたこと、ブルドーザーが戦後復興を進めていたこと、またしばらく戦後復興が止まっていたといったことも事実であるし、教育の左傾化もまた事実である。小説内には猫を水に流して殺す場面が出てくるが、これも子猫が沢山生まれて手に負えない場合に長崎でかつて行われていたことである。小説では東京出身のサチコが猫を箱に入れて川に流すが、東京に子猫を水に沈めて殺す風習がなかったのであれば、この場面もまたエッコがサチコと一体化して過去を思い出していると言える。

このように正確な描写が小説内に多々あることから、エッコがジロウと住んでいたアパートの場所について少し考えてみよう。場所を同定する鍵となるのは一般に、最寄駅であろう。エッコによると、路面電車の「停留所は鉄道の線路をまたぐ橋の上」(13)にあり、「線路の片側になる山の麓には、山腹からころがり落ちそうな格好でかたまっている家々の屋根が見え」(13)る。小説の舞台である朝鮮戦争の時代に橋の上にあった電停には、諏訪神社、新中川町、崇福寺(旧正覚寺下)、思案橋、出師橋（現在の市民病院前）がある。このうち、エッコが夫と住んでいたと言う、「市の中心部から市電で少し行った、市の東部にあたる地区」(11)にあり、近くの山腹に家が乱立する電停は、当時もいまも新中川町か崇福寺である。さらに、エッコが路面電車に乗って中川へ出かけるとき、「市街の中心部を出るころに乗客がまばらになってきて、中川についたときにはひとにぎりの客しかいなかった」(141)と言うが、市街の中心部とは前述の浜町のことであり、浜町を通り過ぎて中川に向かっていることから、彼女は浜町の電停より手前の電停を用いていることになる。これらのことからエッコが市電に乗る電停、つまり彼女のアパートの最寄駅は崇福寺ということになる。

ところが、崇福寺を含め、前述のどの駅の風景も、エッコが住んでいたアパートの近辺の描写とは大きく異なる。エッコ曰く、彼女の「家のそばに川があって、戦前にはこの川岸ぞいに小さな村があった」ようだが、「原爆が落ちて、あとは完全な焦土と化した」(11)。現在では復興が始まっており、「四〇世帯くらいを収容できるコンクリート住宅が、四つ」建ち、エッコはジロウとともにこのうちの一棟に住んでおり、復興計画は前に進まず、「建物と川のあいだはどぶと土埃ばかりの、何千坪という空地」(11)が広がっている。この風景は、平井も指摘するように、原爆の被害が大きかった市の北部、爆心地の松山町を中心とする戦後の浦上地区以外にない（『カズオ・イシグロ』四二）。

それでは浦上地区に「鉄道の線路をまたぐ橋の上」の停留所があるのかと言えば、現段階では何とも言えない。朝鮮戦争の頃には「下の川」という鉄橋のところに「下の川」という電停があったが、同電停が橋の上にあったかどうかは、長崎電気軌道株式会社や近所の人に尋ねても、いまのところ、誰一人として明確な記憶がないという回答結果を筆者は得ている。仮に「下の川」電停が橋の上にあったとすれば、エツコの家は電停の近くに当時建てられた三菱の社宅とも考えられる。とはいえ、「山腹からころがり落ちそうな格好でかたまっている家々の屋根が見え」(13)、「この家々の向こうの、すこし離れたところに、わたしたちのアパート」(13)があるというエツコの言葉が同社宅の可能性を否定する。長崎は戦後復興計画として、一九五〇年から長崎市北部の浦上近辺にある昭和町に鉄筋コンクリート造の四階建てアパートを建設した（長崎市編さん委員会、一一二）。そうであれば、エツコたちは昭和町の市営住宅に暮らしていたということになる。ただ、昭和町の住宅へ行くには「下の川」とは異なる電停の方が近いため、最寄駅の地理的なズレは残る。武富利亜が指摘しているように、一九四八年に長崎市中心部の魚の町に建てられた「魚の町団地」もエツコのアパートの有力な候補だ（武富、一二四）。そこは小説内で言及される住居と同じ造りと間取りであり、近くには川（中島川）も流れている。もっとも、周辺の地域は焦土化しておらず、最寄駅の市民会館電停は橋の上にはない。

もちろん、小説であるから、地理的に正しい風景が描写されなければならないということはない。だが、ここで強調すべきことは、エツコの語る長崎は基本的に事実の正確な再現であると同時に、事実の場所的・時間的組み合わせにズレがあるということである。そのことは、浦上の平和公園や稲佐山への言及にも言える。それらのものは正確に再現されている。しかし、平井が指摘するように、平和公園は一九五五年、稲佐山のロープウェイは一九五八年、テレビ塔は一九五九年に完成したため、小説の時代設定である朝鮮戦争の時代、すなわち一九五〇年から五三年にはいずれも存在せず、イシグロが長崎にいた一九五四年から一九六〇年の間にできたものである（『カズオ・イシグロ』四〇―四一）。この他にも、事実の組み合わせの時間的・場所的なズレは、浜屋百貨店の食堂完成の時期（一九五八年）をはじめ色々ある。こうなると、朝鮮戦争の時代という時代設定の方を疑ってみたくもなる。

しかし、このように小説に出てくる街の描写に時間的・場所的なズレをいくつも容易に認識できるのは、各部分が事実に即して正確に再現されているからこそのことである。事実となんのつながりもないまったくの創造物が描かれているのであれば、事実同士のズレ自体が認識できない。逆に考えれば、ズレを容易に認識させるために、事実を正確に再現する必要があったとも言える。それが「信頼できない語り手」とよく言われるエッコの作り方ではないだろうか。イシグロ「本人は、歴史関係の本には目を通したと言って」おり、「地図や年表はすぐに手に入ったはず」（平井『カズオ・イシグロを語る』六六）という指摘もある。イシグロは、幼年期に過ごした不明確な長崎の記憶を逆手に利用して、確認できることは確認しながら、あえて意図的に正確に描かなかったということであろう。それは、回想が書きづらい時代状況の中で、回想を書くための工夫であったと考えられる。

歴史と記憶

『遠い山なみの光』における長崎の描写はエッコの回想だが、それは自身の歴史を物語るという意味で、一種の歴史叙述と言っていいかもしれない。歴史叙述、言い換えれば、史書《ヒストグラフィー》は、事実に関して信頼できる語りであるのか否かという点において、古代ギリシア時代から常に対立が起こってきた。二〇世紀に入ると、歴史と虚構の明確な区別が崩れ、歴史と文学作品は何ら違いがないという見解が現れるようになる。とくに、「言語を閉じた記号体系とみなし、意味は言語の外部の現実ではなく言語という記号体系によって、体系の内部で決定されるという、いわゆる『言語論的転回』」が起こると、「言語の指示性と真実の了知可能性が否定」され、したがって「真実と虚構の区別が否定され」(Zhang, 98) るようになる。その結果、ホロコーストの惨劇はなかったかもしれないといった言説さえ生まれるようになった。だが、比較文学者のチャン・ロンシーが鋭く指摘するように、「歴史叙述を含むあらゆる種類の言説の言語構造や言語の性質について、どれほど洗練された思弁的議論が行われようと、過去の出来事としての歴史は、本質的に言語に関する事柄ではない」。歴史的事実が否定されるのは、「言語にしか興味がないからである」(Zhang, 100)。たしかに、「歴史には、再構築された叙述として、イデオロギー的な偏見や盲点があることは言うまでもなく、誤解や過失も含まれている」。だが、「様々な語り、描写、推測に基づく対話ないし衝動といった層の下には、叙述全体の基となっている検証可能な核心的事実がある」のであり、この核心的事実は「言語とは無縁の遺物や遺跡、考古学的発見が伴えば」、歴史叙述を「疑いようのないものと判断する揺るぎない根拠」(Zhang, 101) になる。

イシグロが小説内に散りばめた長崎の地理的・地域的事実は、この「言葉とは無縁の遺物や遺跡」にあたる。イシグロが『遠い山なみの光』を発表した一九八〇年代は、まさに言語の指示性と真実の了知可能性を否定するポストモダン批評の影響を受け、過去の語り、とくに史書は、したがって歴史は作り事であるといった議論が盛んだった。イシグロはインタビューで、「フィクションの性質」そのものを問うような、「ポストモダン的な要素を私の作品では避けるようにしている」(Mason, 8) と明言しており、「メタファーや神話」、「普遍的なストーリー」、「ヒューマン・ストーリー」を書くと言っている（大野、一四四）。そのようなイシグロが人間の回想を描くためにはポストモダニズムの相対主義に抵抗する方法が必要であったはずだ。

そうであればこそ、イシグロはエツコの長崎の回想を、長崎の事実、とくに「言葉とは無縁の遺物や遺跡」への言及とその正確な描写とともに書いたのではないのだろうか。そして、「言葉とは無縁の遺物や遺跡」同士の事実関係をずらすことによって、エツコの回想はすべてフィクションであり、すべて信頼できないといった見方を斥け、記憶の曖昧性ないし歪曲を目立たせるようにしたのではないのだろうか。事実に正確な部分と、事実との齟齬の両方を用いてエツコの回想を書くことは、エツコ自身の発言にも確認できる。彼女は「記憶というのは、たしかに当てにならないものだ。思い出すときの事情しだいで、ひどく彩りが変わってしまうことはめずらしくなくて、わたしが語ってきた思い出の中にも、そういうところがあるにちがいない」(156) と言う。一方で、彼女は「この夏の記憶はとくにはっきりしていた」(99) とわざわざ言い、事実を語っていることを強調する。「言葉とは無縁の遺物や遺跡」は、「記憶はとくにはっきりしていた」と断る必要のない事実である。イシグロは、現存する平和公園や稲佐山、稲佐山のケーブルカー、テレビ塔、市電の停留所、浜屋百貨店等々といった「言葉とは無縁のもの」、また原子爆弾関連をはじめとする遺構や跡地といった「言葉とは無縁の遺物や遺跡」と、それらの時間的・場所的なズレをもって、「叙述全体の基となっている検証可能な核心的事実」の存在を明確にしつつ、叙述全体が「推測に基づく対話ないし衝動」を伴っていることを明らかにするのである。

この「推測に基づく対話ないし衝動」が、エツコの言う「思い出すときの事情」である。「思い出すときの事情」とは、エツコ自身の「いま」の内的な事情である。だが、エツコは心の奥深くに眠る記憶を手探りし、不安や願望などから、記憶を歪曲して語っているわけではない。たとえば、エツコはケイコの自殺について次のように言っている。「わたしはその光景をくりかえし思いうかべた――娘が自分の部屋で幾日もぶらさがっている光景を。その恐怖感はいまだに薄れていなかったが、病的な異常感はとうに消えていた。どんなに恐ろしい心の傷でも、肉体の傷と同じようにつきあえる (develop an intimacy) ようになるものだ」(54)。「つきあえる」ということは、エツコの記憶は決して眠ってはいないということだ。ケイコの自殺を期にエツコがそのことに自意識的になったからこそ、彼女は長崎の女たちもまた、決して眠らない「恐ろしい心の傷」とつきあっていたのだと、「いま」思えるのである。

いま考えてみると、あのころ近所にいた女たちのなかに、悲しく辛い記憶をかかえた、苦労した人たちがいたことはまちがいない。けれども夫や子供のことに追われている女たちの姿を毎日見ていると、それは信じられなかった。戦争中の悲劇や悪夢を経験した人たちとは思えなかったのである。(13)

そう思うエツコにとってもまた、原爆や原爆によって家族やおそらく恋人を失ったことは、ケイコの喪失と同様に「恐ろしい心の傷」に違いない。その後の長崎でのジロウとの結婚生活も眠らない「心の傷」に違いない。エツコはジロウとの結婚が決まった日に、オガタさんに家に入る条件として「門のところにつつじがない家には住まない」(136) と言った。つつじの漢名は「躑躅《てきちょく》」である。「躑躅」には、二、三歩進んでは止まること、進まないこと、ためらうこと、躊躇の意味がある。エツコはジロウとの結婚を決めた後も、「家に入る」ことにためらいをもっていたということである。[2] なるほど、すぐにジロウとエツコは中川の家を出てアパートで暮らすようになるが、家を出ることを望み決断したのは戦前・戦中の教育者としてのオガタさんと価値観が合わないジロウであるため、エツコがつつじを植えるようにオガタさんに頼んだ限り、エツコ自身がジロウとの結婚生活にためらいをもっていたということである。その後のイギリス人の夫とのイギリス生活も「心の傷」に違いない。エッコはイギリスについたばかりのころ、「昔から想像していたとおりのイギリスだった」ので「とても嬉しかった」(182)と言うように、希望をもってイギリスに移動した(182)。しかし、彼女は次第に忍耐の日々を送るようになる。ケイコの自殺について日本人に対するステレオタイプをもって報道する新聞記事からすれば、日本人のエッコがイギリスで幸せな生活を送ってきたとは思えない。また、エッコは夫の仕事について、日本のことを書きながらまったく理解していないといった発言をしていることから、彼女には夫から理解されていないという思いがあったに違いない。加えて、ジロウとの間に生まれたケイコは、イギリスでの生活になじめず、引きこもる日々であった。イギリスの家の裏手には果樹園があり、その奥の傾斜した野原の「いちばん高いところに二本、ひょろりとした楓の木」(181)が立っている。エッコがイギリスに来た当時は果樹園がなく、一面野原だったことから、楓は家から直接見えたことであろう。楓の日本での花言葉は「美しい変化」、「大切な思い出」である。一方、英語圏では、楓は「忍耐」と「強さ」を表す木である。当初の「美しい変化」は「忍耐」の日々になったことであろう。もっとも、エッコ以上に辛かったのはケイコに違いない。楓が一番よく見える家の中の場は自殺したケイコの部屋だった。

右で見た経験は、エッコにとって「つきあえるように」なっているだけのことであり、心の奥底で眠っているわけではない。そうした眠らない「過去」と「いま」が複雑に入りまじり、「あなたたち」が「私たち」になり、「浜町へ行く」が「町へ行く」になり、「ひどく彩りが変わってしまう」エッコの回想は、回想という言葉自体、再考の必要があるような、回想のリアリズム、すなわち「いま」と眠らない「過去」が複雑に入りまじってしまう人間の記録としての「証言」として捉えられるべきである。

そう考えるとき、ローレンス・ランガーが多くのホロコーストの生存者にインタビューを行って彼らの記憶の語りを証言として集めたときの経験を思い起こす。ランガーは著書の序で次のように述べる。

ここでは回想という術語自体が破綻していると考える。死んでもいないものを蘇らせる必要性などどこにもない。さらに、眠っている記憶は覚醒しようとするのかもしれないが、彼らの語りで明らかなのは、ホロコーストの記憶は決して眠らないものであり、心の目が閉じることなど一度もなかったということに尽きる。加えて、証言は単なる歴史の記録というより、むしろ人間の記録であるため、過去と現在がやっかいにも入りまじっているということの方が、証言が正確であるか否かといったことより、はるかに重要である。事実誤認は、単純な過失と同じく、実際によく起こる。だが、この本の中で我々が学んでいくことになるであろう自己を様々に脚色する記憶の複雑な層に比べれば、事実誤認などたいしたことではない。(xv)

エッツコが言う「思い出すときの事情しだいで、ひどく彩りが変わってしまう」彼女の証言は、ランガーの言う「自己を様々に脚色する記憶の複雑な層」のことである。

こうしたことからすれば、エッコが原爆の落ちた場所を市の東部として、そこを住んでいるアパートのある場所と述べたことも、歴史的な事実誤認としてことさらに指摘するようなことではない。それは、ランガーの言う「自己を様々に脚色する記憶の複雑な層」の一つである。事実、そのような証言は珍しくない。長崎市で原爆について尋ねてみると、爆心地から離れたところに住む人々であっても、自分の家の近くで原爆が爆発したと証言する人が少なからずいる。彼らの、そしてエッコの記憶にある原子爆弾が投下された場所は、事実としては完全に間違っている。だが、人間の証言としては完全に正しい。

被爆二世を前にした被爆者・戦争花嫁の語り

それゆえに、最後に指摘しておくべきことがある。エッコは「中川辺り」で生まれ育った。中川辺りは原爆で焦土化こそしなかったが、「原爆被爆地域」に指定されているため（太田ほか、二七）、エッコはれっきとした直接被爆者である。『遠い山なみの光』には原爆が語られていないという指摘があるが、被爆者の証言を詳細に調査した太田保之らによれば、被爆者は原爆のことについては話したくないと述べる人が少なくない。被爆体験は、いわゆる「黙秘の体験」であり、二〇〇三年の調査でさえもその影響は強く残っていると報告している（一五五―六四）。一方で、被爆証言において女性被爆者は「風」、「光」、「母親」、「怖い」、「水」、「亡くなった」といった言葉を用いる頻度が高いという調査結果が出ているが（太田ほか、五四―五八）、エッコの回想にもそうした言葉や、それらの言葉に関連する場面がよく出てくる。また被爆者は原爆が落ちた夏に精神的・身体的に不調をきたすという指摘もあるが（太田ほか、一〇三―〇四）、エッコが長崎の生活に飽き飽きし出したのは、オガタさんが家にしばらくやってきたとき、すなわち、彼女が「この夏の記憶はとくにはっきりしていた」(99) と言う夏だった。そして、ここがもっとも重要なことになるが、被爆者は結婚相手として忌避される被差別者であり、被爆者本人、とくに女性は出産を不安視した。生まれた子どもが被爆二世となることから、先天的な病を案じたためである。エッコがケイコの出産を案じた理由はここにあり、同様の不安はニキの出産時にもあったはずであり、その不安はいまも拭えないはずだ。

もう一つ、指摘しておくべきことは、エッコは日本という国に幻滅していたであろうということだ。先に述べたようにエッコはジロウとの結婚生活に初めから「ためらい」をもっていたのだが、中井亜佐子や荘中孝之がジェンダー分業の視点から指摘するように、エッコは結婚後、「女」という役割に拘束された生活に嫌気がさしていたとも思われる（中井、一四一―四四：荘中、一四一―一八）。だからこそ、彼女は日本を去ったのではないのだろうか。つまり、いわゆる「戦争花嫁」になったのではないのだろうか。サチコが一九五〇年から五三年の間に米兵と結婚してアメリカへ渡ろうとしたのに対し、エッコは一九五三年以降にイギリス人男性と結婚してイギリスに渡っているのだが、イギリスは日本人女性との交際・結婚をしばらく禁じており、一九五二年に禁止令をとくと、イギリスやオーストラリアに渡る日本人女性が多数現れた。日本を去ろうとする時期、あるいは実際に去った時期がサチコとエツコで異なるのは、エツコが当時既婚者であり、すぐに行動に移せなかったという理由もあったことであろうが、右のような社会的現実のためでもあろう。エツコが戦争花嫁であると考えると、彼女は被爆とともに二つの「黙秘の体験」とつきあっていたことになる。ワシントン・ポスト紙のキャスリン・トルバートが明らかにしているように、戦争花嫁は、「ただ外の世界へ逃げ出したかった」ために離日を選んだのだが、いざ結婚生活を始めてみると、もろもろの差別をはじめとする現実と理想との間に苦しんだ。エツコは「日本では女はだめ。日本にいたんじゃ、将来の希望なんかないじゃない?」(170)というサチコの言葉を思い出しているが、これこそが、日本の女性が戦争花嫁になった理由であるため、また、その言葉はエツコがサチコの娘マリコに向かって「あなたたち」を思わず「私たち」と言う直前にあるため、エツコ自身の思いを述べた言葉でもあると考えられる。もっとも、先に述べたように、エツコはイギリスに到着した当時こそ「昔から想像していたとおりのイギリスだった」ので「とても嬉しかった」(182)が、やがて忍耐の日々を強いられる。トルバートの戦争花嫁の調査報告のタイトルは「語られない日本の戦争の物語」(The Untold Stories of Japanese War)というのだが、戦争花嫁も被爆者と同様、経験について多くを語らない。その経験は彼女たちの「眠らない記憶」としてある。その意味でも、被爆者かつ戦争花嫁の子どもとして生まれたニキはエツコにとって大切な子どもであると同時に、エツコが罪の意識を持たざるを得ない存在である。『遠い山なみの光』は「ニキ」という単語に始まって「彼女」（＝「ニキ」）という単語で終わる。エツコの決して眠らない過去は、残されたニキを前にして、自己否定や自己肯定に伴う歪みを生じさせるのだ。

だが、エツコの物語は同時に、原爆の物語でも戦争花嫁の物語でもない。「メタファーと神話」、「普遍的なストーリー」、「ヒューマン・ストーリー」を書くことを目的とするイシグロの『遠い山なみの光』は、長崎の物語を通して、決して眠らず、死んでもいない過去といまが複雑に入りまじり脚色される証言を記述することで示した「人間の記録」である。

おわりに

以上、『遠い山なみの光』について考察してきた。自己の肯定にも否定にもなるニキの存在を前にしたエツコの証言は、ときに自己を肯定したり、ときに自己を否定したり、ときに現実の事象や過去といまが錯綜したり、ときに直視したり目を背けたりしながら、彩りを様々に変える。その彩りの変化を担保するのが、長崎の正確な描写である。長崎にある「言葉とは無縁の」建造物や自然や遺物や遺跡を正確に再現することで、それらを「検証可能な核心的事実」とし、「疑いようのないものと判断する揺るぎない根拠」とする。そして、事実の組み合わせをずらすことによって、証言の彩りを表象するのだ。回想のリアリティを保証するために長崎を用いたのは、イシグロ自身の記憶の曖昧さを利用するためであり、彼にとってそれができる場こそが長崎だからであろう。

注

1. 本論はAkiyoshi Suzuki, "How to Employ Nagasaki: Kazuo Ishiguro's *A Pale View of Hills*," *The IAFOR Journal of Literature & Librarianship*, vol. 9, no. 2, 2020, pp. 68–80 (DOI: 10.22492/ijl.9.2.04) を日本語に直し加筆修正したものである。
2. 「ためらい」は次作『浮世の画家』でもメタフォリックに示され、テーマの一つして引き継がれていく。鈴木を参照。

引用文献

青木保「英国文学の若き旗手」『中央公論』一〇五(三)、一九九〇、三〇〇―〇九。

太田保之・三根真理子・吉峯悦子『被爆者調査再検証　こころの傷をみつめて　原子野のトラウマ』長崎新聞社、二〇一四。

大野和基「インタビュー　カズオ・イシグロ――『わたしを離さないで』そして村上春樹のこと」『文学界』八月号、二〇〇六。

荘中孝之「記憶の奥底に横たわるもの『遠い山なみの光』における湿地」、荘中孝之・三村尚央・森川慎也編『カズオ・イシグロの視線　記憶・想像・郷愁』作品社、二〇一八、一三―三四。

菅野素子「英語で読んでも翻訳で読んでもイシグロはイシグロだ」『ユリイカ』四九(二一)、二〇一七、六七―七六。

鈴木章能「思案し、思い切り、見返り、未練を断つ――カズオ・イシグロの『浮世の画家』――」『英語英文学論叢片平』五五、二〇二〇、三五―七一。

武富利亜「カズオ・イシグロと日本の巨匠――小津安二郎、成瀬己喜男、川端康成」、荘中孝之・三村尚央・

森川慎也編『カズオ・イシグロの視線　記憶・想像・郷愁』作品社、二〇一八、二〇八—二一八。

中井亜佐子「女に語らせるということ　リアリズムというおぼろな感覚」、『ユリイカ』四九（二一）、二〇一七、一三八—一四六。

長崎市史編さん委員会編『新長崎市史　第四巻現代編』長崎市、二〇一三。

濱屋百貨店『濱屋百貨店二十年史』濱屋百貨店、一九六〇。

平井杏子『カズオ・イシグロ——境界のない世界』水声社、二〇一一。

——『カズオ・イシグロを語る　ノーベル文学賞受賞記念　長崎文献社文化フォーラム記』長崎文献社、二〇一八。

Ishiguro, Kazuo. *A Pale View of the Hills*. Faber and Faber, 2005.［『遠い山なみの光』小野寺健訳、早川書房、二〇一八］
Langer, Lawrence L. *Holocaust Testimonies: The Ruins of Memory*. Yale UP, 1991.
Lewis, Barry. *Kazuo Ishiguro*. Manchester UP, 2000.
Mason, Gregory. "An Interview with Kazuo Ishiguro." Brian W. Shaffer and Cynthia F. Wong (eds.) *Conversations with Kazuo Ishiguro*. UP of Mississippi, 2008, pp. 3–14.
Parkes, Adam. *Kazuo Ishiguro's* The Remains of the Day. The Continuum International Publishing Group, 2001.
Shaffer, Brian W. *Understanding Kazuo Ishiguro*. U of South Carolina P, 1998.
Swain, Don. "Don Swain Interviews Kazuo Ishiguro" (1990). Brian W. Shaffer and Cynthia F. Wong (eds.) *Conversations with Kazuo Ishiguro*. UP of Mississippi, 2008, pp. 89–109.
Tolbert, Kathryn. "The Untold Stories of Japanese War." *The Washington Post*, September 22, 2016.
Zhang, Longxi. *From Comparison to World Literature*. SUNY, 2015.［『比較から世界文学へ』鈴木章能訳、水声社、二〇一八］

7 カズオ・イシグロ『日の名残り』と「信頼できない語り手」

――対話を通じたポリフォニーの可能性について

常名朗央

「信頼できない語り手」

「信頼できない語り手」(The Unreliable Narrator)という、小説の語り手を使った小説技法を、ウェイン・C・ブースは『フィクションの修辞学』(初出、一九六一)にて初めて紹介した。語り手がただの説明役ではなく、例えば敢えて本心を明かさないことにより読者の関心を誘発したり、あるいは夢や錯乱といった状況を用いて読者を虚構の世界へ誘ったりすることで、それまでの一方のみの目線から、読者が作品世界を多角的な視野で観察できる効果が生まれた。但し、この手法は語り手が一人称や三人称の登場人物である必要がある。「信頼できない語り手」とは、小説世界において説明役であるのと同様に、自らが作品を誘導する立場になるため、構成は自ずと複雑になる。従来からある語り手においては、「さてこれから、私がご存じのミレトス風な物語…不思議な話をまあ聞いてください」(呉、『黄金のロバ』、Kindle版、No35)といったような説話風の口上や、「おお、天にいます詩神よ、願わくはこれらのことについて歌い賜らんことを!」(『失楽園』、七)といった叙事詩の詩人の語り口に表れるように、読者が語り手を完全に信用していることを前提に物語が展開していく。この場合、語り手は作者＝「全知」の創造者であり、そうであれば、「全知」の語り手が「信頼できない」語り手になるのは矛盾である。この場合、読者が語り手を信頼できなくなれば、ストーリーそのものが進行せず小説は破綻する。

現代の作家は、「全知」の語り手がストーリーを進める代わりに、「信頼できない語り手」を積極的に採用した。例えば、ギリシャの英雄譚に登場する人物たちが、いわば寓話的に型にはめた存在であるのに限定されたのに対して、『リア王』や『ジュリアス・シーザー』などでは人間の変化が巧みに描かれていることを考えてみるとよい。現代小説が扱う人物は、我々読者にとっても近い人物であることが多い。その結果、登場人物は読者と近い価値観や、常識・規範を持ち、当然嘘もつくし、答えを保留することもありうる。そして当然ながら、敢えて常識から外れた人物が語り手となり、読者を混乱させることもある。こうして読者を作品世界にのめり込ませる手法が発展していった。

カズオ・イシグロの『日の名残り』（*The Remains of the Day*, 一九八九）は、主人公のスティーブンスという執事が一人称で語る小説である。作品全体を通して、この善良で語り口の丁寧な主人公の言葉と本人の感情が必ずしも一致していないことに読者は気づき、人間がいかに現実から目をそらしているか、取り繕った言葉が日常を支配しているのかをまざまざと見せつけられる。本稿は、『日の名残り』にある、「信頼できない語り手」の小説手法について、及び語り手が生み出す文学世界でのポリフォニーの可能性についても言及する。

『日の名残り』

本作は表向きには事件らしい出来事は全く起こらない。主人公の壮年期を過ぎたベテラン執事のスティーブンスは、一週間イングランドの西部へ車で旅行に出かける。彼が現在勤めるダーリントン・ホールの新しい持ち主であるファラディが、自分がしばらくの間故郷のアメリカに帰国するというので、その間旅行にでも出かけたらどうかと勧めたのだ。スティーブンスはファラディから借りたフォードで、イングランドの田園風景を楽しみ、旅の行程で知り合った人達と陽気な会話を交わす。スティーブンスは屋敷の中の自分と同じように道行く人々にも丁寧な言葉で話し、車がガス欠をした際に世話になった農家の人々からは、公爵のような身分の高い人と勘違いされたほどだ。

スティーブンスの小旅行には別の目的があった。ダーリントン・ホールの前の主人が亡くなった際に、二十名以上いた使用人のほとんどが辞めてしまい、現在の屋敷は慢性的な人手不足に悩まされていた。そこで、スティーブンスはかつて自分と共にダーリントン・ホールで働いていた元女中頭のミス・ケントン（現在は結婚してミセス・ベンとなっているのにも関わらず、スティーブンスはかつて屋敷で呼んでいた呼び名を使う）から近頃手紙をもらったこともあり、彼女に再びダーリントン・ホールで働いてもらうように説得するための旅行でもあったのだ。だがその思惑はうまくいかず、スティーブンスは屋敷へと戻る。

本作の設定は一九五六年七月である。話の土台は小旅行の傍ら、かつての同僚に職場に復帰するよう説得するというものだが、屋敷と共に生きた自分の人生を振り返る回顧録である。スティーブンスは車を走らせながら、一九二九年に父親が倒れたことや、かつての主人ダーリントン卿が立案した対独政策に関する秘密会議について、さらにはミス・ケントンとのやり取りなどを思い出す。『日の名残り』はすべてスティーブンスの一人称の語りで進む。その語り口は几帳面で礼儀正しいがどこか慇懃な感じも見受けられる。読者にとってむしろ疲れるスティーブンスの語り口は本作で効果的に作用しており、スティーブンスが何か意図的に隠していることでもあるのではないかと読者に想像させる。その慇懃な語り口こそ「信頼できない」と感じさせるのだが、スティーブンスは全編を通して誰に対してもこの語り口を変えず、桟橋での最後の場面になるまで自分の感情を表に出すことは一切ない。だからこそ、読者はそんなスティーブンスの感情の奥底まで見てみようと興味を持つのだ。

ミス・ケントンとスティーブンス

ミス・ケントンは優秀な女中頭であった。二人のエピソードは思わせぶりなスティーブンスのミス・ケントンへの干渉から始まる。来客用の枕カバーが用意できているかを四回も五回も尋ねられたことで、ミス・ケントンは仕事の出来ない使用人というレッテルを張られたように感じる。だがこれは、スティーブンス本人はその時気づいていなかったのだろうが、そこに多少の恋愛感情が含まれていたことを充分に読者に想像させる。後に二人は「ココア会」という業務連絡の打ち合わせをミス・ケントンの部屋で行い、仕事上の貴重なパートナーとしてお互いを尊敬しながらダーリントン・ホールの運営にあたる。スティーブンスは、自分は優秀な執事であり、感情を押し殺して主人に仕えることこそ最高の「品格」を有した執事のあるべき姿、という信条ゆえに、堅苦しい言葉遣いを通し、仕事以外の場でミス・ケントンと話をするときも自分のスタイルを崩すことはなかった。それ故、ミス・ケントンが殺風景な部屋に花を飾ろうと提案したときも、読書中のスティーブンスに向かって何の本を読んでいるのかを半ばしつこく聞いた際も、スティーブンスは執事という自分のスタイルにこだわり、彼女の優しさや愛情ともいえる態度に応じることはなく、感情を押し殺す美徳に終始した。さらに、スティーブンスの父親が卒中で亡くなった際のミス・ケントンの心からの気遣いに型どおりのお礼の言葉しか言えず、ダーリントン卿がユダヤ人のメイド二人を勢いで解雇したことに彼女が猛烈に抗議した時も、スティーブンスは、いかなる時も主人に黙って仕えるのが執事のあるべき姿であると、まともに取り合うことはなかった。

旅行中のスティーブンスが回想する際に頻繁に登場するミス・ケントンとの会話を通して、彼の言葉が自己弁護と矛盾に満ちていることが読者には明らかになる。執事という隠れ蓑で自己を誤魔化し、ミス・ケントンの優しさや愛情に気づかずに最後には突き放したスティーブンスは、自分の記憶までも都合よく変えてしまっている。叔母が亡くなったことを知らせる手紙をミス・ケントンに渡したあとで、スティーブンスはドアの向こうで泣いているはずの彼女にお悔やみの言葉を述べるためもう一度引き返すべきかと悩み、結局はまたの機会を待つ方がよいとその場を後にする。だがお悔やみの言葉を言う機会が訪れた時でさえ、スティーブンスは新しく雇った二人のメイドに対する彼女の監督方針について意地悪く追及してしまう。ところが、このドアの向こうでミス・ケントンが泣いていたというエピソードは、別の場面での出来事であったことを思い出す。

しかし、私がなぜ裏廊下に一人立ち尽くしていたのか、どのような状況のもとでそういうことになったのかは、定かではありません。前後の様子を思い出そうとして、もしかしたら、これはミス・ケントンが叔母さんの死亡通知を受け取った直後のことではないか、と考えたこともあります。一人だけで悲しみにふけりたいというミス・ケントンを部屋に残し、廊下へ出たとたん、まだお悔やみを言っていなかったことに気づいた、あのときのことではないかと。しかし、さらによく考えてみますと、やはり違うのかもしれません。この記憶の断片は、ミス・ケントンの叔母さんの死から少なくとも数カ月たってから、まったく別の脈絡の中で起こったことのようにも思われます。さよう、レジナルド・カーディナル様が不意にダーリントン・ホールに現われた、あの夜のことだったのかもしれません。（土屋、三〇四）

スティーブンスは、ミス・ケントンが人知れず泣いていたのは自分が無下に拒絶したという理由であるにも関わらず、長年親しくしていた叔母を亡くしたからという理由に無意識に記憶を置き換えてしまっていたのだ。ミス・ケントンは結婚の申し出の手紙をとある男性から受け取り、できれば止めてもらいたいという願いを込めてスティーブンスに詰めよるのだが、その夜に行われている重要な会議を陰で支えている執事としての自分に陶酔して、スティーブンスはミス・ケントンの想いを黙殺してしまい、記憶のすげ替えまでしていたのだ。さらには、その夜の会議は、彼にとって「これまでの執事人生で成し遂げたことの集大成」（土屋、三二九）であり、勝利感と高揚に満ち溢れていたと回顧している。

スティーブンスの欺瞞と矛盾に溢れた言葉は、「信頼できない語り手」を実によく表している。読者は、誤魔化しながら自己を分析するスティーブンスに同情や哀れみを感じる。小説終盤でスティーブンスは海辺のホテルでミス・ケントン（ここでは勿論ミセス・ベンであり、スティーブンスもそう呼んでいる）に会う。型どおりの昔話をした後、孫も生まれるというミス・ケントンに対し職場復帰の話も切り出せないまま、二人は穏やかに別れる。そして最後に、日暮れの桟橋でのベンチで、かつてとある屋敷で従僕をしていたという老人に対して、「私にはもう力が残っておりません。私にはダーリントン卿がすべてでございました」（土屋、三四九）と過去を悔い、自分の人生が愚かな過ちであったことを告白する。ここでイシグロはようやくスティーブンスを欺瞞に満ちた人生から解放した。そして、スティーブンスは「信頼できる語り手」になった。イシグロは、「信頼できない語り手」という小説手法を用いて、スティーブンスの人生を綴ったが、その効果はあまりにも残酷に読者に突き刺さる。ミス・ケントンが時間をかけて夫婦関係を修復した事実を聞かされた時、自分であればもっと彼女を幸せにできたのではないか、という思いが頭をよぎるが、桟橋の日暮れはまるで自分の今の人生を象徴しているようである。いずれにしても時間が遅すぎたのだ。スティーブンスは失った時間を後悔しながら、何とか気力を振り絞って、陽気なアメリカ人の主人のためにジョークの一つでも学ぼうと決意してダーリントン・ホールに戻る。

レジナルド・カーディナルとスティーブンス

一人称の語り手が信頼できない存在であれば、他の登場人物が語り手に代わって本心を示唆する場合も必要になる。読者が「信頼できない語り手」の裏の意図をすべて読み取らなくてはならないのでは、作品そのものに信頼がおけなくなる。スティーブンスとミス・ケントンとの関係は、感情を押し殺すスティーブンスに代わって、ミス・ケントンが結婚を何とか止めてほしい感情を吐露してダーリントン・ホールを去ることで終焉する。この場では、ミス・ケントンが「信頼でき、、、る語り手」となり、読者に二人の別れの事実を突きつける。一方、執事スティーブンスとダーリントン卿との関係については、レジナルド・カーディナルが「信頼でき、、、る語り手」として登場する。

一九二三年、各国の要人が集まり一次大戦後の対ドイツへの宥和政策についてダーリントン・ホールにて会議が行われた。「紳士」であるという強い意志からドイツの窮状に対してヴェルサイユ条約はあまりにも酷であるというダーリントン卿の言葉に対して、アメリカの代表ルーイスは「アマチュア」と一蹴した。実際にダーリントン卿は欧州の複雑な情勢に対処できない「アマチュア」の外交家であったことが露呈する。人道的な動機で活動したつもりでも、卿はドイツの対イギリス外交の手駒とされ、戦後は愚かなナチス協力者として悲運な生涯を閉じた。

この会議にいたのが、まだ二〇歳前後のレジナルド・カーディナルである。ダーリントン卿にとってレジナルドは親友の息子であり、名付け親でもあった。スティーブンスはダーリントン卿から、婚約を控えているレジナルドに対して性教育を講義してほしいと頼まれる。池の魚のことに夢中になる純粋なレジナルドにスティーブンスはしどろもどろになるが、このエピソードはイギリス小説特有のユーモア[1]であり、または後に緊迫した場面に再登場するレジナルドへの伏線ともなっている。

一九三六年のある夜、ダーリントン卿はイギリスとドイツの要人を屋敷に招いてイギリスの対独政策を決定する重要な会議を行っていた。レジナルド・カーディナルはその時新進気鋭の政治コラムニストであり、会議の動向を探ろうと偶然を装い、屋敷に泊まりに来たのだ。ダーリントン卿はレジナルドのコラムの内容に普段からあまり感心していない様子であったが、レジナルドはそれでもダーリントン卿を心配して訪問した。レジナルドは長年卿に仕えたスティーブンスを部屋に呼び、会議の流れについて聞き、さらにはスティーブンスに卿の進めている対独政策の危険性を語るが、スティーブンスは一向に耳を貸さない。十数年前の会議の場では、世間のことを何も知らないと思われていた若者は、今は誰よりも祖国を案じ、国際情勢に精通した人物になっていた。自分の目で見たことを信じて、ヒットラーのプロパガンダ政策と対英外交を危惧する愛国者であった。レジナルドは反応のないスティーブンスに対し、半ばむきになり意見を引き出そうとする。

「残念ながら、私にはわかりかねます」

「残念ながらか、スティーブンス。ほんとうかな？　君にはわかっているかい？　ほんとうに残念ながらかな？　君は好奇心を刺激されるということがないのかい？　いま、このお屋敷で決定的な大事が進行しているんだよ。君の好奇心はそれでも眠っているのかい？」

「私は、そうしたことに好奇心を抱く立場にはございません」

「しかし、ダーリントン卿のことは気にかかるだろう？　卿を深く敬愛している。いまそう言ったばかりだ。卿のことが心配なら、少しは関心をもつべきじゃないのかい？　もうちょっと好奇心を働かせるとかさ？　君の雇主の仲介で、イギリスの首相とドイツ大使が真夜中に秘密の会談をしに来ているんだ。それなのに少しも好奇心が湧かない？」

「好奇心が湧かないというのではございません。しかし、そのような問題につきまして、好奇心をあからさまにする立場にはございません」

「立場にない？　そうか、君はそれが忠誠心だと思っているわけだ。違うかい？　それが忠

誠心だと思っているんだろう？　卿への？　それとも国王へのかな？」（土屋、三二〇）

好奇心のあるなしを問われて、スティーブンスは答える立場にないといった。主の行動に関心を持ったり、異議を唱えたりするのは執事失格であるという一種の免罪符をもって、スティーブンスは一切の発言に「分かりかねます」、あるいは「お答えできません」と返答した。後年、レジナルドもベルギーで戦死し、ダーリントン卿も失意のまま亡くなったあと、スティーブンスは一人回顧する。ダーリントン卿はたとえその行動が誤っていたとしても、少なくとも自分で決めて行動した。自分には選ぶ権利すらなかった。ダーリントン卿を信じて仕えたのだが、卿が誤りを犯していても自分の過ちともいえないことに、スティーブンスは自己の存在意義を問う。ダーリントン卿は、紳士である。万人のために働くことが最大の名誉であり、その民主主義的な思想は大いに称賛されてしかるべきであるが、彼は戦時下の欧州では時代遅れの貴族に過ぎなかった。実際に、ダーリントン卿の進めていた政策は、かつてアメリカの使節に「アマチュア」と言われたそのままのものとなっていたのだ。だが、好奇心を殺してダーリントン卿に仕えることこそ最大の喜びであるというスティーブンスの空虚さは、「信頼できる語り手」であるレジナルドによって見事に言い当てられたのである。

ポリフォニーの可能性

『日の名残り』は、スティーブンスの一人称の語りで進行していくが、彼の目線と対話によって別の登場人物がストーリーを引き継ぎ、あるいは同時進行していく場合もある。ここまでに挙げた二人の登場人物（ミス・ケントンとレジナルド・カーディナル）が「信頼できない語り手」のスティーブンスに代わって「信頼できる語り手」として読者に本心を語り、かつスティーブンスに本心を悟らせるようにする。この複雑な小説手法は現代的であり、同時に繊細な人間描写には格好の手法と言える。

散文小説はミハイル・バフチンによると、ラブレーとセルバンテスから始まるとされるが、一六世紀は小説全体がモノフォニー（単声）であり、そこには絶対的な「全知」のあるいは三人称の語り手がいて、場面を支配する。[2]『ドン・キホーテ』は単声的物語である。騎士は旅をしながら方々で多くの人物に出会い、その都度独立したエピソードが語られる。複数の声が作品内に登場するが同時性はない。イギリスにおける小説の始めは一八世紀である。初期の作品の中に『パミラ、あるいは報われた淑徳』（*Pamela; or, Virtue Rewarded*、一七四〇年）という書簡体小説があるが、手紙という手法は特定の登場人物による感情のみが表現されるので、人物描写が限定的になるという欠点がある。ジェーン・オースティンは、手紙を小説のキーポイントの道具として使い、登場人物の感情や性格を繊細かつ柔軟に描いた。人物描写を濃厚なものにするためには、自然と小説はポリフォニーに向かう。叙事詩や論説などは、その言語は「単声」的であり、「全知」の語り手による一つの解釈である。対して小説は「多声」的であり、異なる身分・立場の登場人物達による対話が発生する。また小説では、複数による独白や、異なる文章スタイルの併用（日誌、独白、韻文）が可能である。言語の社会的多様性とその基盤の上に成長する様々な個人の声によって、小説は無限に成長して、あらゆるテーマに対応できるようになる。[3]

『日の名残り』はスティーブンスによる一人称の語りで物語が進行していく。その「信用できない語り手」は、ミス・ケントン、レジナルドという「信用できる語り手」と共にポリフォニーを形成してこの小説は成り立っている。そもそも「信用できない語り手」の手法はある程度読者に「信頼できない」と認識されなければ成り立たないものである。例えば、『ハックルベリー・フィンの冒険』では、ハック自身が未熟な存在故、登場人物への見方が大人目線と異なり、『響きと怒り』のベンジーは知的障害がある。さらに『アクロイド殺し』に至っては、犯人が進行役というトリックを用いており、推理小説としてアンフェアではないかという意見もある。このように「信頼できない語り手」という手法を用いるためには、読者をその作品世界に適応させるため作者の力量が不可欠になる。

　作者の描くスティーブンスは、始めのうちは優秀な執事という印象しか与えない。真面目な言葉を発し、ヘイズ協会という執事団体について意見を述べ、自分と同様執事であった立派な父親について語る。だが読者は、徐々にその言葉が欺瞞であふれていることに気づく。回想の中のミス・ケントンとの出会いと対話に不自然さを感じ、旅先で農夫にダーリントン卿について問われた際も、今はアメリカ人の主人に仕えているとのみ語り、無関係を装う。一つにナチスの協力者として悪名のある卿の関係者だと分かれば何かと面倒であることと、多少の後ろめたさもあったに違いない。

その後ろめたさに読者はスティーブンスの人間性を確信する。そして、ミス・ケントンとレジナルドとの対話によって本性が完全に暴露されてしまう。「信頼できない」スティーブンスと「信頼できる」ミス・ケントンとレジナルドとの間でポリフォニーが生まれたのだ。作者イシグロは、スティーブンスが自分から告白するのでもなければ、相手に直接指摘されるのでもなく、対話による経験によって、彼に自分の人生の失敗を気づかせる手法を取った。これは日常で起こりうることであるが、スティーブンスにとっては最も残酷な仕打ちである。バフチンによると、ポリフォニーは通常身分や立場の異なる人物同士の対話が作者の手を離れ実現することによって、新しい統一を目指すものとされている。だが、「信頼できない語り手」と「信頼できる語り手」との間で生まれたポリフォニーは、小説の新たな表現手段になる可能性を持っているのではないか。

注

1. イギリス小説のユーモアがここにある。国際会議という緊迫した場で、若者に性教育を施さねばならない事情は滑稽であり緊張をほぐす効果がある。但し、イシグロはイギリスの貴族の屋敷という舞台で、ディケンズにあるようなユーモア性を敢えて取り入れたことで、古典的な「イギリスらしさ」を演出したのではないだろうか。

2. 小説の完成形はポリフォニー（多声）という。つまり、「ポリフォニー的」（多声的）は「ダイアローグ的」（対話的）と同義である。二つ以上の音調もしくは語調が活動している言説は、ダイアローグ的特質を顕在化させる。そして、その完成形はバフチンによるとドストエフスキーであるという。（バフチン、『小説の理論』、十六）

3. ポリフォニーは複数の物語の同時進行が物語内で生じることを指す。ミラン・クンデラはポリフォニーの好例としてドストエフスキーの『悪霊』を挙げ、同時に進行する三つの線（あるいは三つの物語）から成り立っていると考察している。すなわち、(1)スタヴローギン老夫人とステパン・ヴェルホヴェンスキーの恋愛の皮肉な小説、(2)スタヴローギンとその女性関係にまつわるロマンティックな小説、(3)ある革命グループをめぐる政治的な小説。すべての登場人物が互いに顔見知りであるために、洗練された筋立ての技術によって三つの線をただ一つの分割できない全体に結びつけることに成功していると言っている。（クンデラ、一〇八）

引用文献

アプレイウス『黄金のロバ』呉茂一／国原吉之助訳、Kindle版、グーテンベルク21、二〇〇六。

イシグロ、カズオ『日の名残り』土屋政雄訳、早川文庫、二〇〇一。

クンデラ、ミラン『小説の技法』西永良成訳、岩波文庫、二〇一六。

バフチン、ミハイル『叙事詩と小説――ミハイル・バフチン著作集⑦』川端香男里／伊東一郎／佐々木寛訳、新時代社、一九九二。

――『フランソワ・ラブレーの作品と中世・ルネッサンスの民衆文化』川澄香男里訳、せりか書房、一九九五。

――『小説の言葉』伊東一郎訳、平凡社ライブラリー、一九九六。

ブース、ウェイン・C『フィクションの修辞学』米本弘一／渡辺克昭／服部典之訳、(株)書肆風の薔薇、一九九一。

丸谷才一編『ロンドンで本を読む』マガジンハウス、二〇〇一。

ミルトン、ジョン『失楽園』〈上〉平井正穂訳、岩波文庫、一九八一。

ロッジ、デイヴィッド『バフチン以後〈ポリフォニー〉としての小説』伊藤誓訳、法政大学出版局、一九九二年。

Lodge, David. *The Art of Fiction*. Vintage Books. 2011.

8　忘却から記憶を救い出せるか
――カズオ・イシグロ『忘れられた巨人』

山木　聖史

舞台設定と騎士道文学

記憶とはどういうものなのだろう。カズオ・イシグロは記憶にこだわって作品を書いてきた。この作品も記憶がテーマである。作品の背景となる五世紀ブリタニアはローマ帝国が撤退して、権力の空白地帯となって土着のケルト人の部族が相争い、大陸からのサクソン人の入植が相次いで混沌としていた。この時期にブリトン人のアーサー王がブリタニアを統一した伝説がある。

父王を失って放浪していたアーサーは魔法使いのマーリンの助力を得て、ガヴェインやランスロットなど騎士たちを従え、サクソン人を平定してブリタニア統一を果たし、キリスト教に基づく善政を敷いたと言われている英雄的な王である。アーサーが岩から剣を引き抜くエクスカリバー伝説やアーサー王麾下の騎士たちが探し求めた聖杯伝説、王妃グィネヴィアとランスロットとの道ならぬ恋、甥のガヴェインとランスロットとの対立、不義の子モルドレッドに反乱を起こされ、最後に深手の傷を受けて伝説の島アヴァロンに小舟で死地の旅へと赴くエピソードなどはイギリス人にとってはおなじみであり、この物語の下地となっている。物語はアーサー王崩御のあとの時代が舞台となっており、アーサー王の権威が薄れ、地方の有力者が覇権を争い、次から次へとサクソン人が海から上陸する不穏な空気が漂う時期となる。物語ではブリタニアを覆う「霧」がまさにその不穏な雰囲気を醸し出す。

物語そのものは騎士道文学（Chivalry）の体裁をとる。騎士道文学とは、騎士が武勇で主君を助け、キリスト教精神に則り、か弱い者たち（女性・子供・老人）に慈悲を示す理想的なKnight像を描く物語を指す。サクソン王の命を受け、遠い沼沢地から来た騎士ウィスタンは、竜退治を志す。アーサー王の甥サー・ガヴェインも王への忠誠心の揺るがぬ騎士道精神の持ち主である。主人公アクセルは妻のベアトリスを「お姫様（princess）」と呼び掛けて、妻を終始いたわっているところも騎士道を示唆しているのだろう。

呪われた霧と物語の構造

この物語は「川や沼地には冷たい霧が立ち込め」（一一）、「丘の連なりが鋸歯のように見える大きな沼地の縁に年老いた夫婦が住んでいた。」（一二）とあたかもおとぎ話風に主人公たちの住む場所から語り始める。作品はこのアクセルとベアトリスの老夫婦の視点から主に語られているが、少年エドウィンやガヴェインのモノローグも語られる。

当時のブリトン人は丘にいくつも掘った穴を住処とする集合住宅で構造上「団地」のような村であった。「集合住宅」で老齢により火事を出すかもしれないと、この老夫婦は、蝋燭を使うことすら許されず、村人たちから疎外されて暮らしている。

この村では、数人の村人が姿を消しているが、数日すると存在したことすら忘れられている奇妙なことが起こる。そのことをふと思い出したアクセルは、ベアトリスも村人もすぐ忘れてしまうことを不思議に感じている。

ある日、ふらりとつぎはぎだらけのみすぼらしい服をまとった女がこの村に現れた。村の女たちは、彼女のことを悪魔だと罵って寄せ付けなかったが、ベアトリスだけが疲れ切った女にパンを与えてやった。女に施しをしながらベアトリスは彼女の身の上話を聴くことになる。女は長年連れ添った夫を小舟で船頭に連れ去られ、さ迷った末、ベアトリスの村にたどり着いたということだった。この女の他にも夫や妻を舟で連れ去られ取り残された人たちがたくさんいるという。

　「棘の木[1]であの人と話したとき、もう時間を無駄にするなって言われたの」とベアトリスが続けた。「いいことも悪いことも、二人で分かち合ってきたことを全部思い出すため、できるだけのことをしろって。」（七四）

ベアトリスが旅に出る決意をしたのは、夫婦で分かち合ってきた記憶を思い出すためという動機からである。一方のアクセルは以前から息子を訪ねようとベアトリスに提案するものの、季節や天候が悪いということで延び延びにしてきたのだ。夫婦の主導権を握っているベアトリスの決意で、アクセルも息子を訪ねる旅に出ることにする。そもそもこの夫婦の旅に出る動機に相違がある。

二人が村を出て歩き始めて間もなく大雨に遭い、ローマ人の邸宅の廃墟で雨宿りをする。邸宅の中では他にも雨宿りをしている者たちがいる。そこで兎とナイフを手にした老婆が、背の高い男を責め立てている。背の高い男は船頭で、老婆の夫を小舟で連れ去ったと非難されているのだ。事情がわからない老夫婦は船頭を擁護してやる。その船頭によれば、夫婦にかけがえのない思い出を尋ね、同じ思い出を共に答えられない場合は別の舟に乗せるしかないと聞かされる。おそらく小舟で連れ去られる者は、アーサー王が瀕死の身で伝説の島アヴァロンへ去って戻らなかったように「島」という死地に送られるのだろう。船頭から聴いたこの話は、ぼろをまとった女からベアトリスが聴いた話と符合する。

「あの人にもご主人がいてね、船頭に連れていかれ、自分は岸に取り残されたんですって。……この国は健忘の霧に呪われている、って言い始めて……。これ、わたしたち自身がよく話題にしていることじゃなくて？　で、最後に『分かち合ってきた過去を思い出せないいんじゃ、夫婦の愛をどう証明したらいいの？』って」（七三）

ぼろをまとった女の「健忘の霧に呪われている」という指摘はこの物語のメインテーマであり、彼女から投げかけられた問いはサブストーリーの根幹にかかわる。このローマ邸宅の廃墟での老婆や船頭との出会いのエピソードのように、この物語はあたかも“Roll Playing Game”の如く、アクセルとベアトリスが立ち寄った場所場所での出会った人から何らかの示唆を受け、謎解きに向けて皆で力を合わせることになる。

老夫婦の徒歩での旅の途中で夜になってしまうため、近くのサクソン人の村で宿を借りることとする。サクソン人の村には、サクソン人を妻としたブリトン人の男（アイバー）がいるとのことで、その男を頼りにすることにした。ブリトン人とサクソン人とは、民族も違えば言語も異なる。ベアトリスは何とかサクソン語を理解できるが、アクセルはサクソン語を解さない。ブリトン人のアイバーはサクソン人と長く暮らしているためサクソン人から長老と敬愛され、アクセル夫婦とサクソン人との通訳の役割を果たす。もう一つ、この老夫婦がこのサクソン人の村に立ち寄った理由がある。それは体調のすぐれないベアトリスが、自分の身体についてこの村に住む薬師の見立てを仰ぐことだった。

ベアトリスは薬師の女から、体の痛みについてサクソンの村から東の山道を上がったところにある修道院のジョナス神父に診せる方が良いとアドバイスを受けた。「霧」についてもジョナス神父に訊いてみると何かわかるかもしれないとのことだった。ところがアイバーによれば修道院のあるあたりは、獰猛なクエリグという雌竜が出没し、諸悪はこの竜に起因しているという。老夫婦で修道院に赴くのは道が険しいこともあり大変危険だという。

アクセルとやりとりの中で、サクソン人の村も、若者でも物忘れするというアイバーの愚痴を受けてアクセルは答える。

「わたしと妻も、村人の間にそんな物忘れが起こるのを何度も見ています。わたしたちはこの奇妙な物忘れを「霧」と読んでいます。」（九五）

アイバーは旅人から聴いた話として、（健忘症は）「神が忘れたのではないか」という話をアクセルに話す。アクセルがそれをベアトリスに話すと、信心深い彼女は健忘症の原因について興味深い問いを発する。

ベアトリス「わたしたちを――わたしたちのしたことを――深く恥じて、（神）ご自身でも忘れたがっていたら？」

アクセル「神をそれほど深く恥じ入らせるとは、わたしたちはいったい何をしたのだろう」

（一二〇）
※これ以降の引用では主にセリフ中心に引用し、混乱を避けるため発言者名を付した。

「何か大きな恥ずべき罪を自分たちが犯したのではないか」とここで仄めかしているのである。何があったかはここでは明かされず謎が残る。

このサクソン人の村では大きな騒ぎが起きていた。少年エドウィンが悪鬼にさらわれて一緒にいた兄は殺された。親族が救援に行ったが数人が殺された。東の沼沢地から来たサクソンの騎士ウィスタンが少年の身内とともに、少年の救援に向かい少年を無事に連れて戻ったが、少年の脇腹の傷が騒ぎのもととなっている。村人は「傷」は悪鬼がつけたものであって、少年もいつかは悪鬼になって村で悪行の限りを尽くすと思われ、同胞のサクソン人にも忌避されている。まだキリスト教が普及していないサクソン人の迷信がそう思わせるのだった。

ここでは、サクソン人の中ではエドウィン少年の身の安全が保障できないから、これから息子を訪ねてブリトン人の村へ赴くアクセルとベアトリスにエドウィン少年を連れて行ってくれまいかとアイバーに懇願される。この老夫婦にエドウィンを託すことに、エドウィンを救出したウィスタンも賛成し、護衛を兼ねてアクセルとベアトリスの旅に剣呑な山道がある修道院までは同行することになった。修道院に無事に送り届けたら、ウィスタンは一行から離れて用事を済ませに行くという。

修道院へ向かうには、ブリトン人領主ブレヌス卿の領地を通らねばならない。ブレヌス卿配下が敷いている非常線を突破するために、ウィスタンは剣など武器を馬の荷物に隠し、白痴のふりをして兵士の警戒をかわそうとしていた。アクセルとベアトリスが老夫婦であることでなんとか兵士たちの尋問をやりすごして非常線を越えることができた。修道院へ向かう山道の傍らで、老いた馬を木に繋いでへたり込んで鎧を着用したまま休みをとっている老騎士と出会った。この老騎士こそアーサー王の甥であり、騎士道の模範とも称えられたサー・ガヴェインであった。そこへブレヌス卿の兵士が、ウィスタンの様子を不審に思い、一行を追いかけてきた。その兵士によれば、ブレヌス卿はサクソンの主君から竜退治の密命を帯びて来た男を探しているという。ブレヌス卿は竜を捕獲して自軍の兵器とするため、その男を捕縛しなければならないとのことである。

兵士「この男はクエリグを殺すよう命じられてこの国に来たんです。それがこの国でもこいつの任務です」

ウィスタン「アーサー王の騎士には嘘はつけません。申し上げましょう。わたしは、すでにご存じの任務に加えて、この国を徘徊する雌竜を殺すように王から仰せつかっています」

ガヴェイン「クエリグを殺す？　本気でクエリグを殺すつもりでおるのか」ガヴェイン卿は叫んでいた。「だがそれはわしに与えられた任務であるぞ。知らぬのか。わしがアーサー王その人から託された大事だ」（一八四―八五）

ウィスタンは幼い頃よりブリトン人と暮らしたためブリトン語を解する。だからサクソンの王からブリトン人が多く住む地域派遣の特命を受けたらしい。ここでサクソン人の騎士が雌竜クエリグ退治を目指し、ガヴェインもアーサー王からクエリグ退治を拝命したという目的の奇妙な一致がある。もう一つ奇妙なことがある。アクセルの顔を見たウィスタンは見覚えがあるといい、ガヴェインにもそれを確認しようとする場面がある。

ウィスタン「あなたの横に座っているご老人は、アクセル殿と言います。そこで、このご老人のお顔をご覧ください。かつてあなたが見知っていた誰かに似ていませんか」
アクセル「最初に出会ってから、ときどき不思議そうな顔で私を見ておられるので、いつか理由を、と思っていました。わたしを誰だとお思いでしたか」
ウィスタン「横のご老人を見て、過去にあったことがあるかどうか教えてください。ガヴェイン卿」（二六七）

ウィスタンはアクセルの顔に見覚えがあり、ガヴェインもそれを当然知っているはずだと考えているようだ。ウィスタンの記憶違いだったにせよ、「アクセルは何者か」という謎について過去に関係がありそうなことが仄めかされている。

怪しまれないようにウィスタンは羊飼いに身をやつし、一行は山頂の修道院に迎え入れられた。そこで宿泊させてもらえることになったが「旅人一行を歓迎」という雰囲気でもない。修道僧たちの不穏な様子に夜、寝床についてもアクセルはどうにも寝付けない。修道僧たちは、パニック状態を起こしているようだ。頼りのウィスタンも寝床につくことなく一晩中、中庭で薪割りを続けている。

ジョナス神父の面会を申し出ても修道院長の許可が出ないとかでいつまで待ってもジョナス神父に面会することができない。それを知ったジョナスの計らいで弟子の修道僧ニニアンの手引きで一向は、ジョナスの部屋に入ることが出来たが、ジョナスの身体中はひどい傷を負って血膿とかさぶたで、体を起こすのもやっとというほどであった。何かの苦行のためにこのようなことになったらしい。キリスト教徒ではないウィスタンが皮肉交じりに「苦行」の意味について尋ねて鎌をかける。

「この修道院では、僧が順番に体を野の鳥に差し出すのが習慣になっているんでしょう。それは、かつてこの国で犯され、罰せられないままできた悪行への償いになることを願ってのことでしょうし、いまわたしが目の前にしている醜い傷も、そうしてできたことではないのですか。……」(二三一)

この国でなされた何か「悪行」をここの修道僧たちは、本来は正すべきであるのに、キリスト教の神へ捧げる「荒行」でいわば贖罪の「ポーズ」を取っているだけだとウィスタンが怒りがこもった問いかけをする。このように修道院のジョナスの存在は物語の謎を解くヒントを与えてくれるものと言える。薬師の言っていた「霧」のことについて、ベアトリスはジョナス神父に尋ねる。

ベアトリス「薬のことをよく知る女人と話をしました。その人はわたしの病気についていろいろと教えてくれましたが、話が霧のことになると――ほんの一時間前のことを、何年も前の朝の出来事同様にすっかりわすれさせてしまう霧のことになると――なぜなのかも、誰の仕業なのかもわからない、と言っていました。わかる人がいるとすれば、それは修道院の賢者、ジョナス神父様だろうとも言っていました。どうぞ霧のことを教えてください。いったい霧とは何で、どうすれば逃れられるのです。……」（二三四）

ここでジョナスが答える代わりに、ウィスタンが口を挟む。彼はアクセルとベアトリスに伏せていてもかなりのことを知っているようである。

ウィスタン「竜のクエリグです、奥様。このあたりの峰をうろつくクエリグが、奥様の言う霧の原因です。ですが、竜はここの修道僧らに守られています。もう何年も前から、いまに至るまでそうです。……」

ベアトリス「ほんとうなのですか、ジョナス様、霧が雌竜の仕業だというのは？」

ジョナス神父「（ウィスタンが身をやつしている）羊飼い殿の言うことは真実です、ご婦人」といった。「クエリグの息がこの地を満たし、私たちの記憶を奪います」（二三四―二三五）

（ ）カッコ内は筆者の注

ベアトリスはこのやりとりを受けて、アクセルに呼びかける。

「聞いた、アクセル？　雌竜が霧の原因ですって。ウィスタン様でも、道で会ったあの老騎士でも、雌竜を殺してくれれば、私たちの記憶が戻るんですって。……」（二三五）

ブリタニアのこの辺りに住むブリトン人にせよ、サクソン人にせよ、彼らに共通する物忘れ「健忘症」の原因は、雌竜クエリグが吐く「霧」が原因だということが明らかになった。

ベアトリスは霧が晴れることで取り戻される記憶が、たとえ良い記憶でも悪い記憶でも夫婦で分かち合うことができるとして手放しで喜んでいる様子だが、アクセルがそれほど喜んでいる様子ではないのが対照的だ。アクセルは都合の悪い記憶が戻ることを恐れているかのようだ。

一行は暗いうちに修道僧ブライアンに起こされた。ブレヌス卿の兵士が修道院の敷地になだれ込んだとのことだ。ウィスタンは修道院の塔に追い詰められているから、兵士たちの注意がウィスタンに集中している間に脱出するようにと言われて、隠し扉の下の地下道へ続く入り口に案内された。アクセルとベアトリス、エドウィンの三人は先の見えない地下道をひたすら進んでいくが、なぜかガヴェインが待っていた。ガヴェインによれば、この地下道の行き止まりに人を食らう野獣がいるという。親切顔で誘導した修道僧は、アクセルたちを野獣の餌食にするつもりであったのだということ。ガヴェインの剣で野獣を斃し、老夫婦とエドウィンは地上に戻るが、エドウィンはウィスタンを追って修道院に戻ってしまう。この頃からエドウィンは幼い頃に連れ去られた母親に呼ばれているという幻を見るようになる。これは幼竜に付けられた脇腹の噛み傷がもとで、(おそらく)母竜のクエリグが引き寄せている。ウィスタンは、クエリグの居所を見つけるためにエドウィンを連れていく。修道院でなぜウィスタンと一行が狙われたのか、読者にも薄々察しがついてくる。

使命と記憶の隠蔽

息子のもとに急ぐアクセルとベアトリスは、一夜の宿と食事を提供してくれた子供たちへの返礼ということで、クエリグをおびき寄せるための山羊を、山の頂上付近の「巨人のケルン」と呼ばれるクエリグの棲み処の近くの巨大な岩付近の杭に繋いでくる用を頼まれる。子供たちの両親は、クエリグの霧のせいで帰るべき家を忘れてどこかへ行ってしまったとのことである。囮の山羊にはクエリグを倒すほどの毒草をこれまで食べさせてきたという。アクセルは子供たちの依頼を断りたかったが、クエリグを退治して霧を払拭し、記憶を取り戻すことを望むベアトリスはアクセルの意見を押し切って喜んで引き受ける。しかし山を登るにつれ、無理がたたりベアトリスの体調はかなり悪化する。

一方、ガヴェインは老馬ホレスに跨り「クエリグ退治」に赴く。ここでこれまでのいきさつがガヴェインのモノローグで語られる。老人アクセルはかつてアーサー王の騎士だった。王からブリトン人とサクソン人が争うことのない「法」を実施する命を受けて忠実に実行し両者の平和が保たれていた。しかしある日、平和の「法」実施を命じたアーサー王が一方的に法を破り、サクソンの戦士に襲いかかり、サクソンの無辜の民を虐殺した。

アクセル「……村に残っていた人々の身に何が起こったか。わたし自身いまそういう村から来たところですから、サクソン人に知らせが届いていないはずがない」

ガヴェイン「どんな知らせです、アクセル殿」

アクセル「皆殺しの知らせです。女子供や年寄り、生まれたての赤ん坊までもが全員です。誰がそんなことを？　われらです。なぜそんなに無防備だったか？　われらとの間に神聖な協定があったからです。……」（三一七）

ここに至ってこれまで霧に包まれていた「記憶」が明らかになってくる。何かを知っているようなウィスタンの言動はこの無差別殺戮を指していたのだ。

アクセル「今日の今日まで彼らは協定を信じていました。かつて恐れと憎しみしかなかった両者間に、信頼を、と説いたのはわたしです。今日のわれらの行為で、わたしは嘘つきとなり、殺戮者となりました。……」（三二〇）

アクセルはガヴェインにこう告げて、宮廷でアーサー王を面罵したうえアーサー王のもとから去った。アクセルは騎士を辞めて庶民になり、ベアトリスと所帯を持ってこれまで生きてきたのだ。アクセルとベアトリス、ガヴェイン、ウィスタンとエドウィンの各々がクエリグの棲み処を探して、山頂の「巨人のケルン」で一同に会する。クエリグが近くにいるせいかエドウィンは正気を失ってしまっている様子だ。母親がすぐそこにいると感じているらしい。風の強い山頂では、忘却の霧は吹き飛ばされてしまい、記憶が戻りつつあるアクセルはガヴェインの真の役割を看破する。

とうとうアクセルが口を開き、「ガヴェイン卿」と呼んだ。「ここは出番ではありませんか。もう振りはやめましょう。騎士殿は雌竜の護衛役ではないのですか」

「そのとおりだ」ガヴェインは開き直ったように、エドウィンを含む全員を一人一人眺めた。「雌竜の守りであり、最近では唯一の友でもある。長年、修道僧らが餌を与え続けてきた。その山羊のように、この場所に動物をつなぎとめておくのだ。……」（四二〇）

老夫婦とエドウィンが修道院の地下道に誘い込まれて殺されそうになったのも、修道僧らが殺戮の記憶の隠蔽に加担していたからだ。ガヴェインはクエリグの吐く「忘却の霧」の秘密をようやく明らかにする。

「……あれ以外に道はなかった。戦闘の帰趨がまだ決せぬうち、わしは四人のよき同志とともにこの竜を手なずけに行った。目的は、その息にマーリンの大魔法を乗せることだ。当時のクエリグは強大で、荒ぶる竜であった。マーリンは黒魔術に傾斜した男だったかもしれぬが、あの日だけは、アーサー王の意志とともに神の意志をも行ったのだ。この雌竜の息無しで、永続する平和が訪れただろうか。われらのいまの暮らしをみよ。この村でもあの村でも、かつての敵が同胞となっている。……」（四二七）

ガヴェインはアーサー王から竜退治を命じられているどころか、逆に竜の吐く息にマーリンの魔法を乗せてブリタニアに広く行きわたらせ、サクソン人を殺戮した記憶を両者が忘れるよう隠蔽工作をしていたのだ。

サクソンの王から竜退治の命を受けてここまで来ているウィスタンは、クエリグを退治するためには、まずこのガヴェインと戦わねばならない。サクソン人騎士とブリトン人騎士との決闘が、一同とクエリグの巣穴の前で行われる。ウィスタンは死闘のすえにガヴェインを斃し、巣穴に降りて行ってようやくクエリグの首を落として本懐を遂げたものの、憔悴しきってアクセルとベアトリスの元に戻ってくる。ベアトリスになぜそんなに元気がないのか問われたウィスタンは答える。

「いまこうして震えながらすわっているのは、疲れたからではなく、この手でいま何をしたかを考えるからです。……」「なんのことでしょう、戦士様」とベアトリスが尋ねた。「これから何があるというのですか」

「正義と復讐です、奥さん。これまで遅れていた正義と復讐が、いまや大急ぎでこちらへやってきます。」

……………………………

「わたしの王が雌竜退治を命じられたのは、かつて虐殺された同胞への記念碑を建てるためだけではありません。竜退治は、来るべき征服に道を開くためです」（四四五）

タイトルにある *The Buried Giant* の"Giant"とは、まさに「殺戮の記憶」そのもののことだったのだ。忘却の霧が晴れて、記憶の奥底から再び立ち上がった"Giant"はひたすら人間の血を求めるだろう。サクソン人のブリトン人への血で血を洗う復讐が予想される。

「恐れて当然です。アクセル殿」とウィスタンが言った。「かつて地中に葬られ、忘れ去られていた巨人が動き出します。遠からず立ち上がるでしょう。……」（四四七）

かつてブリタニアを統一した英邁と言われたアーサー王でさえも、サクソン人の無差別殺戮を命じ、雌竜クエリグの息とマーリンの魔法を利用して事実を隠蔽した。これが物語全体を覆ってきた

「わからなさ」の元凶だったのだ。人類は有史以来、いや有史以前からもこのような無差別殺戮を繰り返してきた。人間の所業とは無差別殺戮の連鎖と言って過言ではない。

ハナ・アーレントは『全体主義の起原』において、人々への抹殺と隠蔽を「忘却の穴」という。全体主義の権力ないしは暴力装置によって膨大な数の人々が殺され、殺害の痕跡どころか、その人とかかわった人々や係累まで抹殺し、その人が生きていた痕跡すら残さない。そのような非道な措置をする方が殺戮の隠蔽になるため全体主義にとってかえって安全策だったとアーレントは指摘する。全体主義は「無用」の人々を徹底して「消滅」させる指向を持つ。ソ連のスターリンは、警察を使って特定の階級に属する人たちの消滅を目的とし、ナチスドイツのヒトラーは親衛隊・警察と軍を使ってユダヤ人の絶滅を目論んだ。アーレントはソ連で実行された抹殺・隠蔽をポーランドでも実施した例を示し、次のように述べる。

警察の管轄下の牢獄や収容所は単に不法と犯罪の行われるところではなかった。それらは、だれもがいつなんどき落ち込むかもしれず、落ち込んだらかつてこのように存在したことがなかったかのように消滅してしまう忘却の穴 (Höhlen des Vergessens) にしたてられていたのである。(『全体主義の起原3』(二二四))

アーサー王は、サクソン人を虐殺したうえで、雌竜クエリグと魔法を使ってこの「忘却の穴」を狙ったのだ。この視点からまたあらためてこの物語を見直してみると、騎士ウィスタンの「竜退治」(Dragon Quest) という「騎士道文学」の体裁をとっているものの「忘却の穴」から記憶を復活させるという別の意味を持った「探求物語」と言える。

忘却から民族殺戮の記憶を復活させて復讐を誘引するとはいえ、ウィスタンが「最悪の行為をベールで覆い隠しておいて……」(二三〇)と非難するように、やはりこの物語のメッセージは殺戮の記憶の隠蔽を糾弾していると受け取れる。

そもそも「民族」とは何だろうか。それは長い年月をかけて多数の人々に語られてきた「神話」によって作られてきたフィクションではないのか。そのフィクションを根拠に人間は大量虐殺を企てる。スターリンが標的にした「階級」も、ヒトラーが絶滅を目指した「ユダヤ人」もフィクションだと言っていい。人はこのフィクションをもとに同胞と結束し助け合って生きていく一方で、まさにこのフィクションによって同胞と見なされない人々を虐げて虐殺してきた。この作品にもあるように、ブリトン人とサクソン人の復讐の連鎖が繰り返されることになる。

ウィスタンは同じサクソン人のエドウィンに戦士の素質を見出し、ブリトン人殺しの戦士に育てようとしている。

ウィスタン「もしわたしが倒れて、君が生き残ったら、これを約束してくれ。君の心にブリトン人への憎しみを持ち続けてほしい」

エドウィン「どういう意味ですか、戦士さん。どのブリトン人です」
ウィスタン「すべてのブリトン人だ、若き同志。……」
ウィスタン「わが同胞を殺戮したのはアーサー王配下のブリトン人だ。ブリトン人の血が流れるすべての男と女と子供を、わたしたちは憎まねばならない。これは義務だ。……」(三六五)

これではサクソン人の復讐とブリトン人の復讐の連鎖は終わりそうもなく、救いのない物語に感じられる向きがあるのも無理はない。

忘却から記憶と命を救うには

この作品は、アクセルとベアトリスの老夫婦から見た騎士ウィスタンの竜退治とアーサー王の命を受けたガヴェインの忠誠心を描いているというだけにとどまらない意味を持っている。冒頭に登場するぼろをまとったよそ者の女、ローマ邸宅の廃墟で出会った老婆とつれあいを連れ去る船頭たちという薄気味の悪いサイドストーリーが裏にある。このサイドストーリーこそ主人公のアクセルとベアトリスに深くかかわり、メインストーリーを救い出す鍵となるのだ。

物語には、つれあいを舟で連れ去られてさ迷う者たちが繰り返し描かれる。ぼろをまとった女は、自分以外にもつれあいを連れ去られてさ迷っている者たちが何人もいると言っていた。彼らが放浪する理由は、つれあいとのかけがいのない記憶を忘れてしまったからだ。迷っているのはつれあいを失った者たちだけではない。この作品には「引き裂かれた母子関係」がそこかしこにある。サクソン人の少年エドウィンは幼少期に突然村に来たブリテン人の男たちに母親を連れ去られた。ウィスタンも母を連れ去られた。雌竜クエリグも子供の竜を悪鬼たちに連れ去られている。悪鬼たちは幼竜の餌にするつもりだったのか、エドウィンを檻に入れて幼竜に啄ませ喰わせようとした。そのとき付けられた幼竜の噛み傷が、クエリグと呼応してエドウィンに母親の幻影を見せたのだ。物語に登場するのは人との絆を引き裂かれた人々なのだ。母子関係は根源的な絆と言える。

人と人とのつながりとはどういうものであろう。最も原初的である母子関係を例にとってみよう。赤子は母親に乳を与えてもらいながら母親の刻々と変化する声・表情・匂いなどあらゆる五感を使って記憶に刻みつけ、母のイメージを更新しつつ母との関係を結んでいる。一方、母親も赤子が刻々と変化し成長するのを五感で認識しながら、我が子を過去から現在まで続く連続体のイメージで捉えつつ我が子の生存と成長を支えている。記憶はかかわっている相手を連続体で把握して自律的にイメージを生成する。恋人・夫婦や親友の関係も、五感で相手を連続体のイメージとして捉えながら相手との絆を深めていく。「記憶」は単なる蓄積される静止画ではなく、過去から現在そして未来へ投射される連続体としてイメージを生成する。[2] 記憶が生み出すイメージは生きているのだ。したがって、万一不幸な出来事や死によって絆の深い相手に会えなくなっても、（一旦は喪失感に捉われるかもしれないが）相手との絆が深ければ深いほど、相手がその場にいたらどのような表情で、何を言い、どうふるまうかは容易に想起することができる。それはすなわち、その人が相手のイメージと「共に「今」生きている」という証左なのだ。

記憶のイメージ生成のお陰で、母を失った者やつれあいを失った者、友を失った者は、失った相手のイメージを想起することでき、その面影と共に生きていくことができる。

この記憶の持つイメージ生成機能によって民族間の復讐の連鎖を止めることはできないだろうか。エドウィンと老夫婦との別れ際にベアトリスがエドウィンに縋りつくように掛ける言葉に一縷の希望が見いだせるかもしれない。

「エドウィン、わたしたち二人からのお願い。これからも、わたしたちを忘れないで。あなたがまだ少年だったころ、老夫婦と友達になったことを思い出して」(四五三)

強い風に乗ってかろうじて少年の耳に届くベアトリスの声は、痛切に読者の胸に響く。「殺戮の記憶」を復讐に駆り立てる燃料にしないためには、これまで出会った「ありがたい人」の記憶のイメージをもとに、これから出会うかもしれない友に対し、想像力を活かして共感を養うしかない。さきほどフィクションである「神話」から作られた「民族」というフィクションを根拠に他民族の虐殺を企てると指摘したが、そのフィクションである物語が人を救う可能性を考えてみよう。たとえば、旧約聖書は「民族の物語」であるのに対して、新約聖書はイエスをアイコンとしたより普遍的な人間の物語である。民族も違えば文化も異なる人たちの共感を得て、数千年を経て現在でも通用する物語だ。民族・文化が違っても、私たちは記憶にイメージの機能があるかぎり、共感することが出来るのだ。たとえばこの『忘れられた巨人』のように。

一人一人の記憶のイメージが紡ぎ合わされて「生き生きとした人々」のイメージが編み込まれた物語が共感を持って読まれるとき、人は殺戮など企てないし、物語は記憶を「忘却の穴」から救う手立てとなりうる。カズオ・イシグロが騎士道文学の体裁を取りながら、「殺戮の記憶とその忘却」という重いテーマで物語をあえて描いたのは、描かれた人のイメージに共感を喚起することで、物語が持つ「忘却から記憶を救い出す力」に信頼を置いているからにほかならない。

忘却の霧から解放されたアクセルとベアトリスの顛末を付け加えておこう。記憶を回復したアクセルとベアトリスは、あるとき互いが相手を裏切った不義の記憶を思い出す。それを知った息子は家を飛び出してしまった。数年後、息子も流行り病で亡くなったという。アクセルはベアトリスが彼を裏切ったことよりも、息子が眠る墓に詣でたいというベアトリスの願いを許さなかった残酷な仕打ちを彼女にしていたことを思い出す。アクセルは母と子の絆を断ち切ったのだ。最後に二人がたどり着いた海岸は「島」の対岸だった。もとより病を抱えていたベアトリスの体は旅で疲弊してしまいもはや歩けなかった。舟が小さくて一人ずつしか舟に乗れないと中年の船頭から聴かされるも、ベアトリスは一人ずつ島に送ってもらえると信じ込んでいる。アクセルはこの海辺がベアトリスとの別れの場だと悟った。ベアトリスは彼岸の島でアクセルと再会できると信じて疑わない。アクセルは小舟の外から脛まで海水に漬かったままベアトリスをしっかりと胸に抱きしめ最後の言葉を交わす。ベアトリスへの惜辞となる。

「じゃあ、さようならアクセル」
「さようなら、わが最愛のお姫様」（四七八）

ベアトリスが舟で島（彼岸）へ去ったあと、アクセルはこちら側（現世）に取り残されることになる。しかし、アクセルはベアトリスとの記憶を求めてさ迷うことはないだろう。彼は夫婦のかけがいのない思い出を取り戻しベアトリスの面影を胸に生きることが出来るのだから。

注

1.「棘の木」とは山査子《さんざし》を意味する。山査子はベアトリスとよそ者の女が話し込む場所に生えているが、雌竜クエリグが横たわる巣穴にも生えている。棘が生えていることからイエス・キリストの「受難」を意味する一方で「希望」を意味することもあるという。Faber and Faber 社のイギリス初版本、日本語版、ドイツ語版、スペイン語版の表紙デザインは山査子である。

2.この議論はベルクソンの「イマージュ論」に依っている。アンリ・ベルクソン『物質と記憶』合田正人・松本力訳、筑摩書房、二〇〇七年。

引用文献

Ishiguro, Kazuo. *The Buried Giant*. Faber and Faber, Random House, 2015.（引用は『忘れられた巨人』土屋政雄訳、早川書房、二〇一五）

ハナ・アーレント『全体主義の起原3』。大久保和郎・大島かおり訳、みすず書房、一九七四。

9　絵に描いた餅、空に浮かぶパイ

大木　理恵子

……ぼくはナンキン、つまりカボチャに弱い。食べものに好き嫌いはないし、何でも食べるのだが、カボチャだけは食べられない。胃が受けつけない。いや、それ以前にからだ全体が受けつけない。—中略—こんなことになった原因はすべて戦中戦後米の飯が食えず、三度三度カボチャを食わされたからである。一時は何をみても黄色く見えたくらいだ。それ以来病的なカボチャ嫌いになった。

——筒井康隆「カボチャ」『狂気の沙汰も金次第』（新潮文庫）所収

はじめに

先の戦争のことを思うとき、最も腹立たしいと感じることのひとつは、当時の軍部の杜撰すぎる食糧政策である。

当時外地にいた兵隊たちは、食糧の現地調達を命じられていた。ことに南方戦線の戦いは「消耗補給戦」と位置づけられ、前線の兵士たちは、内地からの食糧等の補給を断たれたうえに自活を強いられていた。「……一粒の米、一尺の布といへども、これを現地で自給自足すれば、それだけ銃後の負担が軽減し、その余力をより重要なる軍需品の生産に向けることができ」、「既に現在、南方戦線、特に瘴癘未開の地として知られるニューギニア、ソロモンの戦線に於いても、自給自足は多大の成果を挙げてゐるのでありまして、糧秣の點から見ますとき、ほとんど全部隊が自給の域に達してゐるのであります」と語るのは、当時の大本営陸軍報道部長で陸軍少尉の矢萩那華男だ（「敵彈下の兵隊農園 消耗補給戰断じて勝ち拔かん」『主婦之友』昭和一八年一一月号）。

もちろんこれは、事実ではない。「ほとんど全部隊が自給の域に達してゐた」と？ とんでもない。藤原彰『飢死した英霊たち』（筑摩書房、二〇〇一）によれば、餓死または十分な食事を摂れずに死に至ったと考えられる死者の数は、日本軍人戦没者二百三十万人の過半数にのぼるという。また半藤一利は陸海軍将兵だけで約二百十二万人の戦死者の「実に七十パーセントが広義の餓死だよ、栄養失調など含めてね」とインタビューの中で語っている（https://www.u-canshop.jp/taiheiyou1/episode/index2.html）。机上で将棋のコマを動かすようにして作戦をたて、ただ指示をするだけの大本営が、現地の状況をおもんぱかることなしに前線に無理な負担をかけた結果、兵士たちが十分な量と質の食餌を摂取することかなわず、結局多数の無意味な戦死者という悲惨な結果を招いてしまったのだ。

それだけではない。銃後に残った主婦たちもまた、戦時協力を求められた。軍部及びその太鼓持ちとなったマスコミは（検閲を含めた有形無形の圧力があり、致し方なかったわけではあるが）、戦地の惨状を半ば隠し、半ば叱咤激励のネタにして、銃後に協力を迫った。時には、兵隊さんたちが、内地に心配をかけまいと頑張っているのに、銃後の体たらくはなんなのかとばかりに、家庭を預かる主婦を罵倒。かと思うと今度は手のひらを返したように「日本婦人の勤労度はおそらく世界中で一番優秀」（大本営海軍報道部長栗原悦蔵海軍大佐「勝利への生産生活」『主婦之友』昭和一九年七月号）、「……銃後における婦人の辛抱力で戰爭の勝敗が決するのだと、氣づかぬひとがありはせぬか。……そこにゆくと日本はありがたい。どんな辛抱もしぬくのが日本婦人だ。『辛抱力』にかけては『世界一』の折り紙つきの日本婦人だ。たとへ口がさけても、愚痴や不平をいはぬ日本婦人だ」などとおだて、愚痴や不平を山ほど抱えた婦人らの口を封じ、空虚な精神論を押しつけ、戦地だけでなく、銃後に対しても、工夫と自助努力で深刻な食糧不足を乗り切らせようとした。そしてダメ押しとばかりに「主君の仇を討つためには妻を去り、母をも遠ざけた大石良雄のあの苦心を、いま日本人全部がかみしめなければならない秋《とき》」であるから、「配給その他の不平不満、戰爭に対する意氣地のない考へ」だけでなく「空襲などに對する恐怖や狼狽の感情を現した」通信（郵便、電信、電話）など、個人的な気持ちを表現することでさえ、悪質な場合は軍機保護法によって処罰されると、釘を刺すに至る（「見ざる聞かざる言はざる」『主婦之友』昭和一九年一一月号）。また、「勝つための自給自足」として「前線でさへ砲煙の中に土を耕し、種子を蒔いて、自給自足の体制を整へてゐます。量の多寡を言ふ前に、積極的に増産に力を注ぎましょう」と提案する。ちなみに、この記事を監修した川島四郎大佐は、栄養学の専門家として『主婦之友』他戦時中の婦人雑誌に啓蒙的な記事を頻繁に提供していた人物である（「戰場食の工夫と作り方」『主婦之友』昭和一九年六月号）。

――そんなわけで、冒頭に引用した筒井康隆のような極端なカボチャ嫌い（ひとによっては、サツマイモ嫌い）が結構な割合で、とくに食糧事情の厳しかった都市部に生まれたのも、当然だろう。一九三四年（昭和九年）生まれの筒井は、終戦の年の夏、十一歳の誕生日を九月末に控えた小国民（小学生）だった。「お国のため」とはいえ、味覚の成長にとって大切な時期に、来る日も来る日もカボチャばかりを食べさせられた日々が、その後永きにわたり筒井の食生活に強い負の影響や制限を及ぼすことになったのも不思議ではない。

アメリカでは？という視点

では、小国民・康隆クンが毎日の食卓のナンキンに辟易としていたとき、同じ時期のアメリカはどうだったのだろうか。

戦後七十五年以上の年月が経った今も、日本では、原爆記念日や「終戦記念日」に合わせて、その負の記憶を次世代に伝えるべく、家庭や学校、図書館、その他さまざまな組織レベルで多様な取り組みが行われている。マスコミも特集を組んで、戦争の悲惨さを伝える努力をしている。しかし、そこで扱われる戦争体験は、おそらくほぼすべてが、日本人の立場から語られるものだ。しかも、戦前生まれの方たちの年齢が高くなり、戦闘への参加を直接経験した方の話は、過去に録音／録画された記録資料を利用する以外、聞くことができない。今聞くことができる「生の声」は、当時子どもだったお年寄りの、子ども目線のミクロ的な体験談か、伝聞に限られてしまう。無論、同時代の敵国民の体験が取り上げられることは、筆者の知る限り、皆無である。

筆者の両親も例外ではない。筒井と同世代の彼らが住んでいた千葉県銚子市は、昭和二〇年三月、七月、そして八月の三回の空襲で焦土と化した。私の母からは、七月一九日から翌日未明にかけての空襲の際、幼児二人乗りの大きな籐の乳母車に姉と二人で乗せられて避難する途中、火の粉避けにかぶせられた布団の隙間から見た自宅の離れが焼け崩れていく様、飼っていたシェパード犬「朝利根一号」が軍用犬として出征した際、銚子駅から貨物車両に乗せられた「トネ」の名を見送りの家族が呼ぶと遠吠えで返事を返してきた話など、私が子どものころは、そうした話をよく聞かされたものだった。父のほうは、低空飛行で人を追いかけてくる米軍機のコックピットのパイロットの顔まで見えたこと、缶詰工場の焼け跡で拾ってきたアズキの缶詰がホカホカとまだ温かく、とても美味だったこと、何よりも米がなかったことなど語ってくれた。しかし、そんな彼らに「ところでその頃アメリカの家庭はどうだったと思う?」と聞くと、「考えてみたこともなかった」という答えが返ってきた。

享樂に溺れるアメリカ人

ここに非常に興味深い書物がある。一九四四年（昭和一九年）に出版された、布浦芳郎著『世界食糧戰』（同盟通信社）である。著者の布浦は、防衛総司令部嘱託の立場にあり、当時一般国民向けのメディアにもたびたび登場して国策を説いていた人物だ。布浦は同書の中で、米国のゼネラル・フード社会長チェスター氏が、砂糖の配給統制が開始された直後の一九四三年二月二一日に前線にいる自国の兵士に向けて行ったとされる放送を紹介している。

前線のアメリカ兵諸君。諸君も知るごとくアメリカの食糧規正［ママ］は必須のものであつて、諸君の家庭では今後食糧の消費を一層減少しなければならない情勢にある。しかしながら健康の維持に必要な最低量はかならず確保されるであらうから安心して貰ひたい。又諸君に対する食糧の供給も極力満足に取り計る積りである……（『世界食料戰』二五七）

布浦は、この放送を「日本では到底考へられない怪放送」として、「世界の富をかき集めて自由と享樂に終始してゐたやうなアメリカの國民生活に、恐るべき食糧統制の波がひしひしと迫つたことを物語るもの」（二五八）と断言。そして銃後にも戦線にも十分に食糧を供給するから心配せずに戦ってほしいなどとは、贅沢に狎れ切ったアメリカ人の国民性を考えれば到底不可能であり、その稚拙な食糧政策は爆弾と等価の力をもち、日独の枢軸国にとって必ずや有利に働くと、持論を展開する。

戦線においては、食糧がないから敗けると考へる兵隊は一人もゐない。第一線の将兵は自分を養ふ飯よりも敵を倒す彈丸や飛行機の方が心にかかるのである。……戰火に浴さない内地の我々が、若しも食糧不足などで兎や角言ふようなことがあつたとしたら、全く第一線の勇士に申し譯のないことである。ゆえに我々としては食糧政策については一切を政府當局者に任せ、前戰の將士の心を心として、假令飯一度や二度は拔いても戰い拔き勝ち拔く決意が第一の問題である。一度戰線に立てば、日本人は大和魂の本然の姿に立ち返つて、敵愾心に燃える火の玉となり、飯のことなどは忘れてしまふ筈の國民である。（前掲書三一五）

世界食糧戰の鍵を握るものは、國民生活の低下に耐へうる國民の力と熱である。日本やドイツは粗衣粗食に耐へうる國民であるに反し、アメリカはイギリス人と同様、世界で最高の生活水準にあつてしかもそれを下げ得ない國民である。アメリカが獨立戰爭以來誇り來つたものは自由であるが、現代のアメリカ人におけるその自由とは、むやみに高い生活程度の中にあつてたゞ勝手氣儘に享樂することにすぎない。ゆえにその生活程度が長期戰によつて低下してゆくといふことは、アメリカ人の抗戰思想に甚大な影響を及ぼすものである。アメリカ本土の空襲に劣らぬ食糧難の爆彈こそ、アメリカ人の今次大戰における運命を決するものではなからうか。

（前掲書二八二）（傍線部引用者）

布浦の研究は、しっかりとした基礎研究に根差したもので、各国の食糧事情についての客観的な報告は、豊富で詳細なデータを根拠にし、長所短所の両面から中立な書き方でなされている。しかし、そこから導きだされる考察となると全く文調が変わり、感情的なものになる。特にアメリカ人の国民性について繰り返される感情的な描写には、驚かされるばかりである。曰く「食糧の不足とともに闇取引が横行することはいづれの國でも同様であるが、金が物をいひ生活の享樂程度の高いアメリカにおいては殊にそれが甚だしい」（二六四）／「アメリカ人の如く生活に享樂を求める國民にとつては砂糖、コーヒー等の欠乏は何よりも辛いに違ひない」（二六七）／「戰爭が長引くにつれ食糧の闇取引は横行し、インフレの危機は増大し、國民生活は一歩一歩低下して行くのである。生活の享樂、アメリカ至上主義を第一とするアメリカ人にとつて、戰爭に対する疑惑が生まれ、反戰、厭戰の思想が瀰漫して來るのは當然である。たとへ穀物は豊富であつても、肉食を好み嗜好品を一日も欠くことのできない彼らに肉類、脂肪類、コーヒー、砂糖等が払底してくることは、彼らの戰爭士気を甚だしく沮喪せしめる」（二八二）／「生活程度の最も高いアメリカやイギリスは、國家のためには如何なる粗衣粗食にも甘んじて、困苦缺乏にも堪へうる日本やドイツの敵ではない」（三七三）（傍線部引用者）。

――いずれも、国民全員が気を引き締めて臨めば、必ず戦争に勝つ、という、根拠のない精神論のみに基づいているのが特徴だ。粗末な食事に慣れている日本人は、贅沢な生活に狎れ切り、精神の腐敗した米英人より有利なのだ、「困苦缺乏に堪へる日本とドイツは最後の勝利者」（三七三）であると、布浦は繰り返し主張する。

アメリカの食糧戦

では、実のところ、アメリカ人は、たった一日コーヒーが飲めないくらいで、戦意消失するような国民なのか。戦時においても勝手気ままに享楽するという自由を謳歌していたのか。クスリの切れた麻薬中毒患者でもあるまいし、冷静に考えれば、そんなはずはない。デモクラシーを守るため、銃後は相当の我慢をして前線を支え、国を挙げて戦っていた。そのスローガンは「食糧で勝つ」(Food Will Win The War) というものだった。日本とは真逆のアプローチである。

「もし戦争が一年から二年を超えて長引くならば、食糧事情が良かったほうの国、すなわち、戦場の兵士と銃後の国民が、どちらもきちんとした食事をとることのできた国が勝つことになる。兵士というものは、充分な食事が与えられていない場合でも、極端な場合飢餓状態にあったとしても、相当日数の間闘い続けることが可能である。ましてやよく考えられた食事が与えられていたならば、同じ人物が、より長時間にわたり、よりしっかりと、より充実した戦いぶりを見せてくれることは明らかである」とは、日本軍による真珠湾攻撃後まもなく、米国医師会の学会誌編集委員モリス・フィッシュバイン (Morris Fishbein) 医学博士が、若い主婦層にむけて発表したエッセイの一部である（"The Truth about Vitamins," *The Redbook* (Mc Call), 1942年2月号 p. 54)。

こうした考え方のもと、兵士が十二分に戦えるだけの食事を与えるため、銃後のアメリカ国民は複雑な配給制度を受け入れ、それまで便利に使っていたもの、当然のものとして食べていたものをあきらめ、一昔前の不便な生活に甘んじることとなった。食に関して言えば、どのような食べ物をどれくらい食べたらいいのか考えながら、金があっても自由に商品が買えないという不自由な環境の中で、工夫をこらして生活した。結果として、アメリカの兵士たちは、銃後に残った国民の二倍以上の肉を口にすることができたばかりか、家庭では貧しい食生活をしていた貧困層出身の兵士たちは、従軍しなければ到底口にすることなど叶わなかったであろう充実した食事を支給され、体力を蓄えることができた、さらに配給制度と価格統制、そして女性であっても軍事工場等で仕事をして、賃金を得る機会が増えたことも幸いし、戦前よりも豊かな食生活をすることが可能になった。銃後の国民の間でも、アメリカ建国以来一人あたりの肉の消費量が最高を記録した。

戦いが長期に及ぶなら、戦場でも銃後でも皆がきちんと食べている国が勝つとしたアメリカと、「一度戦線に立てば、日本人は大和魂の本然の姿に立ち返」り、「飯のことなどは忘れてしまふ筈の國民」だから、食糧のことなど云々すべきではなく、精神力で勝てるとした日本。軍配がどちらに上がるかは、考えるまでもない。

アメリカの「銃後の兵士」たち

アメリカの食糧戦において中心的な役割を果たすことを期待されたのは、もちろん銃後の主婦であった。戦場の舞台はファイアリング・フロントに対してホーム・フロント、制服は軍服に対してエプロンと読み替えられた。そして国の食糧政策を理解し食事を通じて国民の健康を守るという仕事は銃後の主婦の重要な任務であり、その重要性は戦線で戦う兵士の軍務のそれと等価であると、いたるところで強調された。その任務は衣食住すべてにわたるが、「食糧戦」関連に限定して紹介するなら、健康な兵士の育成を視野にいれた家族の健康管理であり、そのためには、配給制度をきちんと理解すること、栄養についての知識を身につけること、そのうえで、美味しくて量もたっぷりある食事を家族のために準備することが必要とされた。

まず第一の任務である配給制度 (ration / rationing / civil rationing) に関する理解だが、これは実に複雑なものであった。ちなみに配給制度とは、非常事態のため一時的に供給が不安定になった、またはその恐れのある物品のなかで特に需要の高いものについて、必要な人全員に行きわたらせるために導入される制度で、第一次世界大戦時のヨーロッパを発祥とする。アメリカでは、第一次大戦時の一部国民による買占めや品不足の教訓に学んだ多くの国民の賛意を得て、太平洋戦争開戦後間もない一九四二年初頭に布かれた。この配給は地震などの被災地で行われる無料の炊き出しのようなものではなかった。品物の購入には金が必要で、たとえ金を出しても一定量以上は売って貰えなかった。価格統制局（Office of Price Administration 以後ＯＰＡと記す）の徹底的な管理の下で、アメリカ建国以来初めてとなるこの国家的食糧統制は、粛々と施行された。

アメリカで最初に配給統制の対象となったのはタイヤで、真珠湾攻撃の翌月の一九四二年一月。食糧品が管理制度の対象となったのは、砂糖が最も早く、一九四二年の五月のことであった。ガソリン、靴、衣料、タイヤなどの配給はクーポンを使用し、食糧の配給は印紙《スタンプ》を使って行われた。それらのクーポンや印紙を綴りにした冊子は配給通帳（Ration Book）と呼ばれ、ＯＰＡの末端機関として全国津々浦々に組織された配給管理委員会（Rationing Boards）を通じて国民全員に配布された。配給通帳は、一九四二年五月発行の第一号通帳（Book 1）から第四号通帳（Book 4）まで、計四冊が発行されている。

第二の任務は、栄養についての正しい知識の習得である。徴兵時の健康検査で、多くの青年男子の体格や健康状態が悪く、合格基準に達しない者が少なくなかったことが明るみに出たことから、一九四三年、アメリカ農務省（USDA）は何をどれだけ食べたらよいのかを一般向けに示した「ベイシック・セヴン」（基本の七食品群）と呼ばれるガイドラインを発表した。栄養についての知識不足や食餌に対する意識の低さが、健康で体格のよい若者が少ない原因のひとつと考えられたのだ。かくして、配給制度の実施と平行して、全体的な国民の体位と健康状態の向上を目標に、栄養学の観点から適切な食品を適量摂取することの重要性を一般に知らしめるための啓蒙活動が行われ、主婦たちにはそうした知識を身につけることが求められた。

第三の任務は、二つの知識（栄養と配給）を総合的に勘案しながら、美味しくて、量がたっぷりある、そして栄養があって、満足感を得られ、食べると元気になれる食事を三度三度用意することである。食糧は武器とされた（Food is a Weapon）。何度も変更される複雑な配給制度を理解し、さまざまな種類の印紙を使い分け、冷蔵庫のある家も限られているなか最小限度の買い物回数で、栄養に優れ質量ともにきちんとした食事（square meals、または単に squares と短縮されることもある）を準備するという任務、その遂行が如何に大変だったかは想像に難くない。

食糧という「武器」を用いて「銃後の兵士」たちは、さまざまな手法で戦ったが、その銃後という「戦線」で重要とされたのは、無駄にしない、節約する、代用品を使う、嵩増しすることなど。食材も配給の点数もとにかく使い延ばすことだった。

海外で戦う「若者たち」(our boys) に十分な食糧を届け、彼らが存分に戦うことができるようにすること。全てそのために、アメリカの「銃後の兵士」たちは、食糧戦を戦ったのだ。

洋鬼《ヤンキー》スタイル vs 大和魂

ところで、合理的な洋鬼アメリカのやりかたと、大和魂に依存した日本の姿勢とは、真逆であるかのように見えるが、その具体的な実践法は、実は驚くほど似ていた。

まず第一に、日米どちらの国でも、銃後の主婦は、前線における兵士と同様、銃後という「戦線」で戦う兵士になぞらえられた。その軍服は、日本では割烹着、アメリカではエプロンとされた。「軍服」を着て銃後という戦線に立つ兵士にみたてられた主婦たちが、銃後の食を守るために、重大な任務を課せられているとされたのも共通しているし、また、当時の出版物をみても、その任務はほぼ同じだったことがわかる。大きく分けて三つ。一つめは、栄養に関する知識を身につけること。二つ目は配給について正しく理解し、賢い買い物をすること。そして三つ目は、上記二つの知識(栄養と配給)を統合し、美味しく、量も栄養もたっぷりある、満足感の得られる食事を三度三度用意することである。これらの任務はいずれも日米に共通しており、その遂行のための方策も、奇しくもほぼ同じである。つまり、食材を無駄にしない、貴重なものはなるべく使わず、十分に入手可能なものを使う、一部または全部を代用品で補う、少量しかないものは他の食材を混ぜ込んだり水分を増やしたりして量を増やして使うなどである。

それならば、日本もアメリカも、同じではないかと思われるかもしれない。実際、両国の主婦たちが、国によって、あるいは居住している地域によって困窮の程度や足りない品目に差はあっても、それぞれの立場で似たような方策をとりながら、食糧戦を戦っていたのは確かであろう。しかし、そんな中でも、決定的に違ったこと、アメリカにあって日本になかったものを一つ指摘しておきたい。

言葉のマジック――悪く言えば詐欺

アメリカにあって日本にはほとんどなかったもの、それは、戦時下のレシピにおける、具体的な分量表記である。アメリカでは、戦時中に、食品メーカーや、食品の業界団体などから、食についてのアドバイスやレシピが載った本や小冊子が発行されたが、そこにはほぼ百パーセント、必要な材料と分量（数、重さ、大さじ、小さじ、カップなど）が具体的に記載されている。一方で日本のレシピには、いくつかの例外を除き、材料と簡単な作り方しか載っていないのだ。しかも、その材料の記述で目立つのは、「ありあはせの」という表現だ。あり合わせの野菜や魚といわれても、ない家庭もあっただろうに、その言い回しを使うことで、「ない」とは言わせない——万一ない場合は主婦のやりくりの仕方が悪いという非難にすら聞こえる——と無言の圧力をかけているように聞こえる。そのうえで「ぽちつと」「とろりと」「こつてりと」「榮養滿點」のようないかにも美味しそうな言葉でレシピを飾るのだ。また料理名を、それだけ聞いてもいったいどんな料理か想像もつかないような風流な謎かけ風のものにして、実は何のこともない料理／時には得体のしれない料理を、「港しんじよ」「やどり貝」「魚の彈丸揚げ」「ざくろ豆腐」「花トマト」「お目で糖」「食パンの曙蒸」「豆腐の紫蘇玉」「風味饅頭」などと、あたかも素敵な懐石料理の逸品であるかのように粉飾するのである。また、「變り煮豆」「變りスープ」「筍の變り揚げ」「烏賊の變りおろし和へ」など、「變わり〜」という名称も多くみられる。既存の料理にアレンジを加えて目先を変えたものであるかのように装いながら、実際は残飯の吹き寄せ同然のようなものだったり、拍子抜けするような料理だったりが常で、筆者に言わせれば、限りなく詐欺に近い。

こうした表面上化粧を施しただけの貧相なレシピをみるにつけ、思い出すのが、アンデルセンの「マッチ売りの少女」である。この作品の中で印象的な場面に、七面鳥の丸焼きが、自分のお腹にナイフとフォークをさしたまま少女のほうに歩いてくるシーンがある。七面鳥の丸焼きが、自力歩行で歩くなどという荒唐無稽な話は、もちろん現実ではない。しかし、そのいかにも美味しそうな七面鳥の描写は、言語で表現されたものでありながら、まさに文字で書かれた画像（「マッチ売りの少女」は『絵のない絵本』所収ではないが）、立ち上る湯気や匂い、シズル音まで聞こえてきそうなリアルなイメージを喚起する。それに比べ、日本の戦時下のレシピはどうだ。全てとはいわないが、「絵に描いた餅」以前の、絵すら浮かんでこない薄っぺらな言葉で描いた餅に等しいものが、多すぎる。

例えば、「變り蜜豆」とはどんなものだと思われるだろうか。答えは「寒天なしの蜜豆」だ。料理のタイトルを一目見たときのときめきは、レシピの内容を確認した瞬間たちまち消散する。これは、現代の日本のスーパーやデパートの食料品売り場で、「店長の太鼓判」などと書かれた業務用販促シールが貼られた商品を買ってしまい、後になって自分がそのシールの言葉にまんまと「騙された」ことに気づくのと、少し似ているが、「變り蜜豆」の正体――豆に蜜をかけただけ（しかも、豆の種類も分量も不詳、砂糖不足のなか蜜をどこで調達するのか、或いは何で代用するのかも示されていない）――に気づいたときの空しさと比べれば、「これはウマイ！」はずのものが不味かろうと、無邪気なものに思えてくる。

言葉と現実にずれがあるのは自明のことである。機械のマニュアルや法律の文言ではそのようなことが最小限になるよう努力すべきではあるが、文学は違う。例えば小説を読んだとき、詩歌を読んだとき、読者の脳裏に結ばれる像は人によって違う。というか、違うところに文学を読む面白さがある。しかしそのずれを逆手にとって利用し、実際には珍妙なものしか作れないのを百も承知で、「美味しい戦時食」レシピを発信し続けた軍部、そしてそのアイディアを拡散する役割を担っていたメディアについては、どうだろうか。戦時中に庶民が食わされた「絵に描いた餅」、元い、絵（画像）すら結ばない言葉で描いた貧相な餅を、筆者はどうしても好意的に受け止めることができないし、更に「空に浮かぶパイ」(pie in the sky) という表現を思い浮かべずにはいられないのだ。

「空に浮かぶパイ」

日本語の「絵に描いた餅」に対応するこのフレーズは、報酬は死後に来ると説く救世軍 (Salvation Army) の讃美歌『天の御国で』*In the Sweet By and By* をもじった労働歌『説教師と奴隷』(*The Preacher and the Slave*) が下敷となっている。作詞した労働運動家のジョー・ヒル (Joe Hill) は、この楽曲のなかで次のように訴える――「死後天国 (sweet by and by) に行けるよう、現世では祈り、働き、お腹を空かせて清貧な生活を送りましょうと救世軍は言うけれど、例え死後地獄行きになろうとも、今ここで逞しく生きるスキルを身につけて、この世でしっかりお腹を満たすほうが大切だ」と。この楽曲の一節である「空に浮かぶパイ」は、天国で与えられる報酬を揶揄して呼んだものだ。

精神力さえあれば食べ物など食べなくても必ず勝つとされ、どんなにお腹が空いていても不平不満を漏らすことさえ許されず、挙句の果てに渡された料理のレシピは、言葉と現実が乖離した眉唾もの。きれいごとを並べるばかりで、少しの腹の足しにもならない飢餓軍(Starvation Army)だとして、ヒルは、救世軍(Salvation Army)をバカにした。しかし、「飢餓軍」というなら、救世軍よりも遙かにその名に相応しい軍は他にあるのではないか。そう、それは、前線の将兵／銃後の国民を問わず、自国民を飢餓に晒した挙句、結局「空に浮かぶ」勝利の「パイ」の約束を反故にし、食言を憚らなかった「軍国日本」。あの時代の日本こそ、まさに「飢餓軍」だったと、私は確信している。

10 「耳なし芳一」における怨霊とトラウマについて

瀬上　和典

小泉八雲による「耳なし芳一」は、江戸時代後期に出版された『臥遊奇談《がゆうきだん》』巻之二に収めれている「琵琶秘曲泣幽霊」を原拠とする短編の幽霊物語である。本稿では、この幽霊物語を「平家物語と琵琶法師の歴史」と「トラウマと記憶についての精神分析的批評」の俎上に乗せ、幽霊の中に人間の本質を見い出そうとする八雲の文学観を素描し、この作品の多層的な構造を分析する。

琵琶法師の社会的役割と平家物語の誕生

そもそも琵琶法師とはどのような存在だったのだろうか。文字通りの意味でいえば、それは琵琶を片手に説経を行う僧侶である。そして、その最たる特徴として盲目であることが挙げられる。「盲人が琵琶を弾いて芸能や宗教祭祀にたずさわる習俗」（兵藤、二二）は、奈良・平安時代に琵琶とともに中国より渡来したと考えられている。[1]

盲人が担ったこの琵琶法師という職業は、古くから視覚を失った社会的弱者の受け皿となっていたと想像できるが、同時に社会の表舞台でも大きな役割を担ってきた。平安時代中期には藤原実資《ふじわらのさねすけ》が自邸に琵琶法師を招いてその才芸を楽しんだことが、実資の日記『小右記』に記されている。また同じ日記によれば、琵琶法師は法隆寺で催された修正会《しゅしょうえ》において能や狂言の源流といわれる散楽を奏している。くわえて、同じく平安時代から「地神経《じじんきょう》」を読誦し竈払《かまどばら》いも執り行っていたことが知られている。

芸能者・宗教者としての琵琶法師が平家物語を語るようになったのは、まさに「耳なし芳一」に登場する怨霊となった平家一門の祟りを鎮めるための国家的行事の文脈においてである。元暦《げんりゃく》二年（一一八五年）七月九日、壇ノ浦で平家一門が滅亡しておよそ三か月後、京都で大地震が起きた。文治《ぶんじ》地震である。一説に推定震度マグニチュード七・二ともいわれる大規模な地震で大きな社会的混乱が起り、[2] 壇ノ浦で命を落とした幼帝に「安徳」の追号が奉られ、怨霊を鎮めるために壇ノ浦に阿弥陀寺が建立されることとなった。

この文治地震は平清盛が竜となって祟りを成したものであるという流言が飛び交っていたと、後鳥羽上皇の御持僧《ごじそう》であった慈円《じえん》の『愚管抄《ぐかんしょう》』に記してあるが、この流言にはうちつづく戦乱や天災、飢饉に苦しむ民衆のルサンチマンが投影されているのだろうと兵藤は推測している。実際に、この地震を契機とする社会的混乱が当時の大きな政治課題であったことは、さきの阿弥陀寺に加えて、慈円によって大懺法院《だいせんぼういん》が建立されたことにも表れている。この大懺法院では、「保元以後の「怨霊・亡卒」を「回向」（供養）することで、国家の「安穏泰平」が祈願された」（兵藤、六三）。

諏訪春雄によれば、このような「異常な死に方をした者の霊を恐れ、これをなだめてその祟りを逃れようとする」（一四七）御霊信仰はすでに平安時代に見られるものである。それ以前の日本に見られた幽霊の原型は祖霊信仰にあった。祖霊とは亡くなった父や母や祖父母を指し、御霊（怨霊）とは違い社会的・歴史的に語り継がれるような存在ではない。その人を知っている子孫がいなくなれば、祖霊への「追憶の情は消滅」（一四九）してしまうからだ。一方、「御霊（怨霊）は原則として血族的なつながりを越えた社会的、公的な存在であ」（一四九）り、「その名と生前の行為は御霊信仰を信じる人たちすべてのものとして記憶の中に生きつづけ、災害や疫病が社会にひろがるたびに増幅されて思い出され、語り継がれる」（一四九—五〇）。中世の怨霊に関わる物語は単なる事件の記憶ではない。それは名もなき人々が直面した「不条理な死」や「過酷な運命」への恐怖心が投影されていたのだ。そして、御霊信仰を信じる人々は、因果を説明する物語として怨霊物語を受け入れ、さらには祭祀を通した鎮魂に亡者と自らの救いを見出そうとする社会的意識を体現している。

ある意味で平家の滅亡とその怨霊化の流言は、文治地震に代表される天災、そして戦乱や飢饉といった「不条理な死」（の現場）に直面した人々が共有する国家的「トラウマ」とでもいうべきものを示唆しているといえよう。下河辺美知子は、トラウマ的〈出来事〉[3]によってPTSDを患った人々がこの病気を克服するには、〈トラウマ記憶〉を〈物語記憶〉へと変換する（語りなおす）ことで「トラウマ記憶を再統合して自分の心の中で構造化」（下河辺、一三六）する必要があると指摘している。また、その際には「その物語が患者の口から声によって発話されねばならない」（一三七）とも述べる。下河辺の指摘するトラウマ的〈出来事〉とそれを語ることの関係性は、後に見るとおり、鎮魂を必要とする（生者によって鎮魂を望まれている）平家一門の亡霊が「耳なし芳一」において自分たちが直面した「死」というトラウマ的〈出来事〉の場面を琵琶法師に語らせたことについて大きな示唆を与えてくれる。

つぎに平家物語の誕生に目を向けてみよう。『徒然草』によれば、慈円の庇護のもとにあった信濃前司行長《しなののぜんじゆきなが》という人物が平家物語を作り、それを生仏《しょうぶつ》という盲目の人物に教えて語らせたという。兵藤によれば、実際には平家物語は一人の作者によって作られたものではなく、すでに存在していた平家にまつわる物語（話材）が集められ、編纂されて成立したもののようだ。そして、この平家物語編纂の舞台こそが他ならぬ件の大懺法院である。「地の神」であり、怨霊化した平清盛を連想させる「竜」を鎮める「地神経《じじんきょう》」を読誦することを生業の一つとしていた琵琶法師に、平家物語を語り伝えることで怨霊の鎮魂を図る役割が与えられたことは自然な筋であった。

語り手／媒体としての琵琶法師――不具と両性具有

琵琶法師の特徴として盲目であることをはじめに挙げたが、この「目が欠損している」ことは、中世では不浄・異形であると考えられ忌み嫌われていた。この背後には、前世の悪業が不具という身体的な刻印によって現世で報いられるという「仏教的な宿世・宿業観」（兵藤、九三）が存在している。一方で、琵琶法師は先に見た通り、地神祭や竈払いを行う聖なる司祭的な側面を持っている。この「聖と賤、聖なるものと穢れ」（九七）という一見矛盾する性質は、お互いがその根拠となるような表裏一体の性質である。

健常者で構成される社会にあっては、「五躰不具」の者は、その「不具」性・異形性ゆえに非秩序である。だが、非秩序は同時に秩序がつくられる以前の混沌（カオス）を表象する。今日行われる祭礼でも、秩序の規範から逸脱した異形の装い（性別を超越した異性装など）が祭りを活性化させることは、よく目にするところである。非秩序＝穢れの体現者は、原初の創造的なカオスを創出したアナーキーな力を体現する者として、祭儀においてしばしば聖なる呪力を行使することになる。（兵藤、九七―九八）

琵琶法師に代表される不具の者は、その不具性・異形性によって、健常者では聞くことのできない神や霊の声（原初の創造的なカオスを創出したアナーキーな力）を聞き、現世と異界を仲介・調停することで現世に秩序をもたらす。

具体的に盲人が異界とコンタクトを取る方法として、兵藤は人間の知覚における視覚と聴覚の関係性に注目する。

私たちの意識の焦点は、ふつう目が焦点を結ぶところに結ばれる。耳からの刺激は視覚によって選別され、不要なものは排除または抑制される。

目の焦点をうつろにしてぼんやりしているとき、またはその状態で目をとじてみたとき、目をあけていたときには気づかなかったもの音が聞こえてくる。目による選別がなければ、私たちの周囲は、見えない存在のざわめきに満ちている。

耳からの刺激は、からだの内部の聴覚器官を振動させる空気の波動である。私たちの内部に直接侵入してくるノイズは、視覚の統御をはなれれば、意識主体としての「私」の輪郭さえあいまいにしかねない。そんな不可視のざわめきのなかへみずからを開放し、共振《シンクロナイズ》させてゆくことが、前近代の社会にあっては、〈異界〉とコンタクトする方法でもあった。（兵藤、九）

視覚の不在が語り部としての琵琶法師の強力な武器となるのには、もう一つ理由がある。それは彼らが「自己の統一的なイメージを視覚的にもたない」（一一）点である。これは彼らが容易に自己の輪郭を変容させることができることを意味する。神や死者たちのざわめきを聞きその物語を「語る」という行為は、「「表現」（express= 絞りだす）の前提にある「自己」が拡散し、さまざまなペルソナに転移してゆく過程」（一二）であると兵藤はいう。

さらに、琵琶法師のジェンダー的表象も「さまざまなペルソナに転移する」ことを可能とするその〈異形性〉を雄弁に物語っている。まず、当道座の盲人が私称した官職には、「勾当」、「中臈」、

「打掛」など女官を連想させるものが少なくない。また、「耳なし芳一」の主人公である「芳一」や平家物語の正本を作った「覚一」などの名前に見られる「〇一」という一方派の法号は、女性の法号である。このことは琵琶法師が男女という異なる領域の狭間の存在であることを示している。

さらに琵琶法師の守護神として知られる弁才天は女神であり、その手には琵琶が握られている。ちなみに平家物語において壇ノ浦での合戦の後、安徳天皇の鎮魂に身をささげたのはその母であり平清盛の娘である建礼門院である。この建礼門院は、時に弁才天と同一視される妙音菩薩が垂迹したものであるとする文献がいくつか存在している。安徳天皇の鎮魂を引き受けるという意味で、弁才天を守護神とする琵琶法師の姿が建礼門院と重なっていくことも、琵琶法師の両性具有性を象徴していると兵藤はいう。

聖であり賤である。男であり女である。社会的領域においてその狭間に存在する琵琶法師は、社会の剰余的存在であり、さまざまな領域を行き来することができる自由な主体の持ち主でもある。以上を踏まえて兵藤は、語り手としての琵琶法師は「自己同一性の不在において、あらゆる述語的な規定を受け入れつつ変身する（憑依する／憑依された）主体である。みずからの帰属すべき中心を持たない主体は、ことば以前のモノ、この世ならざるモノをうけいれる容器となる」（兵藤、一二三）と指摘する。

小泉八雲にとっての「幽霊」

これまで見てきた琵琶法師と平家物語についての歴史、そして琵琶法師の異形性を踏まえて、小泉八雲の幽霊観を確認し，「耳なし芳一」をあらためて読み直してみよう。

八雲の妻である節子は、八雲が「耳なし芳一」の話をたいそう気に入っていたと語っている。[4] 八雲が「耳なし芳一」のような幽霊物語を好んだ理由は、人間を含む世界の真理を「幽霊」(ghost)という存在に見出していたことが挙げられる。「幽霊」や「超自然的なもの」(the supernatural)の物語について、それを信じようが信じまいが「われわれ自身が一個の幽霊にほかならず、およそ不可思議な存在であることを認めないわけにはいかない」(ハーン、八二)し、「霊的なものには、必ず真理の一面が反映されて」(八三)おり、「霊的なものへの興味を、ある程度満足させることができないような詩人や物語作家は、本当の意味で偉大な作家とも思想家ともいえないであろう」(八四)と八雲は主張する。

たしかに、死者についての物語を理解しようとすることは、その死者を語る生者を理解しようとすることに等しい。それというのも、高岡弘幸が指摘しているとおり、「幽霊は生者の想像力によってつくり出される文化的創造物である」(二)からだ。平家一門の怨霊も敵対勢力であった後白河上皇を中心とする朝廷が創造的に生み出したものと言える。先に触れたように、平家の怨霊は文治地震によって一般民衆のルサンチマンまでも飲み込み、国家的トラウマとなっている。そして、

「恨みを抱いて命を落とした者は怨霊となるが、供養を行うことでその魂が慰められ成仏する」という死者に関わる物語（言説）も、当然その時代を生きる人々の死生観を反映している。

速川和男は、八雲が幼少のころに幽霊を見て恐怖を覚えていたことを、その不幸な家庭環境に原因があったのではないかと推察しているのだが、その根拠となるエッセイの "Nightmare-Touch" の冒頭部分は、「幽霊は人間を社会的歴史的存在として表象している」という八雲の文学観を裏付けている。

> 幽霊を信じている人々にとって幽霊の恐怖はどのようなものだろうか。
> すべての恐怖は経験――個人、もしくは民族が有する経験、今生きている人々、もしくは忘れ去られた人々の経験――の結果である。未知のものに対する恐怖でさえもそこ以外に起源はない。そして、幽霊の恐怖とは過去の痛みの産物に違いないのだ。(Hearn, *Shadowings*)[5]

キャスリーン・ブローガンは、ゴシック小説が伝統的には「タブーとの個人的な心理的邂逅」(Brogan, 2) を題材としており、その中で幽霊が「登場人物のより暗い部分、もしくは抑圧された部分に光を当てる」働きをしていたという。しかし、オーガスト・ウィルソンやトニ・モリソンなどの黒人作家に加えて、中国系アメリカ人作家であるマキシーン・ホン・キングストンやネイティブ・アメリカン作家ルイーズ・アードリックなどが登場した二〇世紀後半には、個人を超えて人種というより大きな社会的集団の危機的状況に焦点を当てた幽霊小説が世に出てきた。もちろん、こうした西洋ゴシック文学史に小泉八雲を直接マッピングすることは不可能だが、西洋だけでなく中国や日本を含むより広範な怪談を収集していた八雲が、幽霊という表象のなかに「社会的集団の過去の痛み」を見ていたことは、精神分析や比較文学というコンテクストにおいて小泉八雲を分析する下地となるだろう。

幽霊の源泉——夢／到来する記憶

八雲は文学的素材として「幽霊」を含む「超自然的なもの」を扱う場合、その源泉として作者自らの夢もしくは悪夢を利用するべきだという。

> 怪奇文学に描かれた出来事がどんなに驚くほど異常なものでも、忍耐強く検討してゆくと、ひとつひとつの出来事が、われわれ自身の夢の中で起こるのと同じものだということがわかる。そこから戦慄が生まれるのである。でも、それはどうして生まれるのであろうか。それらの一連の出来事が、これまで忘却していたわれわれの想像上ないし情緒上の経験を想起させるからである。（ハーン、八六）

夢の特徴は、それをわたしたちが完全には支配できないことにある。わたしたちは自由に自分の見たい夢を見られるわけではない。特に八雲が文学的素材として注目する悪夢は、潜在的に見たくないものが主体のコントロールを越えて到来する不条理なイメージである。それは、岡真理が指摘するトラウマ的記憶の性質に似ている。トラウマの原因となるものに限らず、そもそも記憶というものは人が思い出すものではなく、むしろ「記憶の方が人に到来する」（岡、第一章 一 到来する記憶）[6]とさえ岡は指摘する。その中でもトラウマとして人々を苦しめる記憶とは、「言語化されえない体験、「経験」とはなし得ない出来事の剰余」（同上）であり、「現在の暴力として回帰する」（同上）記憶である。「ゴシックの恐怖」（"The Gothic Horror"）というエッセイで八雲は，幼少期にゴシック建築の教会の造りに恐怖を覚えたエピソードを記しているのだが、それが八雲にとって重要な経験であったのは、はじめその原因を言語化することができず折に触れてはその恐怖が何度も到来したがために、かえってその恐怖を言語化する欲求が掻き立てられたからであろう。

「耳なし芳一」においても、芳一と平家の亡霊の邂逅は芳一の行動が契機となっているのではない。芳一の命を脅かす「恐ろしい」ものであり、中世においては国家的トラウマの表象であり、「自らの記憶を反復する出来事」[7]そのものでもある平家の亡霊（侍）が、何の前触れもなく孤独に夜を過ごす芳一のもとへと訪れている。はたして芳一は目覚めていたのか夢を見ていたのか。それを証言する他者はここには存在しない。[8]

突如として現れ、主のために一曲語ってほしいという侍に不安を覚えつつも功名を挙げる絶好の機会だと考えた芳一は、その侍に連れられ大きな館らしきところに到着する。門をくぐると辺りに女性たちの声が聞こえる。そして、そこからは女官らしき人に手を引かれて屋敷の奥へ奥へと連れられて行く。屋敷の奥に着いた芳一は、老齢の女性に平家物語を弾き語るよう命じられた。この女性は、安徳天皇の祖母——つまり平清盛の妻——であり、壇ノ浦の合戦において安徳天皇を抱いて入水した二位尼《にいのあま》と言われている。

芳一の異界への導き手が男性（侍）から女性（女官）に変化する過程は、単に平家一門の序列に沿った成り行きと考えることもできるが、先にみた琵琶法師という存在の〈異形性〉に注目すれば、世俗的な功名を期待する賤なる男性である芳一が、不意に訪れた怪異／「過去の痛み」との邂逅によって、「この世ならざるモノをうけいれる」聖なる女性へと変異する過程を寓意していると読むこともできる。

亡霊が要求するトラウマ的〈出来事〉の再現

二位尼と思われる人物は長編である平家物語のなかでも「壇の浦合戦の篇こそあはれも深からめ」（小泉、三六二）と述べて、その箇所を物語るよう芳一に要求する。宮田尚はこの要求について、「平家ゆかりの人物でも、中心から遠く離れた周縁部の人物なら、あるいは「いちだんと哀れの深きくだり」だと評価することもあるかもしれない」（宮田、一五）が、「安徳帝とその周辺の人々にとって、壇浦合戦の悲惨な状況、ことに入水の場面は、果たして再現してみたい場面だろうか」(一五)と疑問を呈している。

たしかに死という究極のトラウマ的〈出来事〉は、それに直面したことのある者に生理的恐怖や絶望を呼び起こすであろうことは想像に難くない。それを生き延びた人々でさえ、その〈出来事〉の断片的な記憶や痕跡、その歴史に悩まされ、その〈出来事〉以降を生きることの苦しみを味わっている。そして、その苦しみは社会的なレベルでの治療が必要となっているからこそ、精神分析の研究が活発となり、アメリカではトニ・モリソンの作品に代表される幽霊物語が生まれたのではなかったか。下河辺も岡も、精神分析の知見を下敷きに、そのような苦しみを癒すには、言語を絶するトラウマ的〈出来事〉を物語化して理解可能なものにする――「トラウマ記憶」を「物語記憶」へ変換する――必要があると述べる。

それでは死者の顕在意識、つまり望みはどうであろうか。簡潔に言えば、死者が何を望むのかわれわれ生者には知るよしもない。しかし、これまでにも確認してきたとおり、幽霊や怨霊は生者によって想像的に創造されたものである。そうであれば、幽霊や怨霊が望むものは、生者であるわれわれが死後に想像的に望んでいるものでもある。八雲が幽霊という存在に、人間の本質、そして「真理の一面」を見出していたことも思い出そう。壇ノ浦で「死」というトラウマ的〈出来事〉を体験した者は、「自らの死の場面を再現し、物語られること」を望んでいる。これが、「耳なし芳一」とそれに類する話を語り継ぎ、聞き継いできた人々や八雲が下した結論といえる。そして、この結論に、「トラウマ的〈出来事〉を語ることによる癒し」という精神分析的解釈との親和性を見出すことも不可能ではない。

しかしながら、トラウマ的〈出来事〉の「癒しへと至る言語化」というのは机上の空論でもある。下河辺にしても岡にしても、結局のところトラウマ的〈出来事〉の言語化にはつねに不可能性がつきまとうことを指摘している。

画像の記憶としてわれわれを襲うトラウマの記憶。しかし、過去に凍りついてしまったその情景を、現在の時間の中に再生させるために、われわれは言語という極めて使い勝手の悪い容れ物しか持っていない。画像としての記憶と、言語記号という無機的な物質との間の断絶が、体験者の声帯を麻痺させ、声を奪っていく。証言者となるための道筋は遠い。（下河辺、四四）

〈出来事〉に偽りのプロットを与えること。それは、私たちが、その〈出来事〉を物語として完結させ、別の物語を生きるため、〈出来事〉の暴力を忘却するためだ。

（岡、第二章二偽りのプロット）

下河辺と岡、そして八雲の語彙を借りていえば、筋道の立った物語で〈出来事〉を語ることは、人間のコントロールを越えて「画像／夢」として主体に「訪れる記憶」を封印してしまうことである。この問題を踏まえて岡は、ホロコーストに代表される悲惨なトラウマ的〈出来事〉を真に人々が分有するできる物語とは、「人がその〈出来事〉――あるいは〈出来事〉の記憶を――領有することの不可能性が刻み込まれたものでなくてはならないだろう」（岡、第二章 二 偽りのプロット）と主張している。具体的に岡は〈出来事〉の証言者が語る内容ではなく、語られた内容から捨象される「語るという行為」そのものに注目し、〈出来事〉の分有化の可能性を探る。

そこで発せられたもろもろの言葉の断片――言い淀みや言い間違い、聞き取られなかった呟きや沈黙、あるいはふと漏らされるため息、その熱さ、そして、部屋を満たしている空気の密度――それらすべてが〈出来事〉の証言ではないだろうか。（岡、第二章 三 単独性・痕跡・他者）

「耳なし芳一」において平家一門の体験した〈出来事〉を語るのは、その〈出来事〉に直面していない芳一であり、彼は〈出来事〉の直接的な証言者ではない。しかし、琵琶法師である芳一は盲目であった。この盲目性によって琵琶法師は「ことば以前のモノ、この世ならざるモノをうけいれる容器となる」ことを兵藤は指摘していた。琵琶法師は、物語を語りつつ「述語的な規定を受け入れ」、述語の主体を自らに憑依させる語り部である。聞き手である亡霊は、平家物語における述語の主体である。この意味で琵琶法師が平家物語を弾き語るとき、それを聞きかつ弾き語っているのは平家の怨霊自身である。平家一門の亡霊は、琵琶法師の声帯を利用して平家物語を語ることによって、自らの死という非業の運命を再体験しながら〈出来事〉を飼いならそうとしている。

それでは平家物語というテクストから捨象されつつも、〈出来事〉の輪郭を鮮明にする可能性を孕む「言葉の断片」とはどのようなものだろうか。これを理解するには、口／声とならんで琵琶法師にとって欠くことのできない道具に注目する必要がある。それは琵琶である。琵琶は中国より伝来して以来いくつかの形に派生しているのだが、琵琶法師が用いていた琵琶には、意図的にノイズ（倍音）を響かせる「サワリ」という工夫が凝らしてある。この「サワリ」によって作りだされるノイズは、現世を越えて「自然世界に連なってゆく」（兵藤、三〇）媒体として機能する。

八雲がこのような「サワリ」の働きや効果を知っていたかはわからないが、「耳なし芳一」では琵琶の響きをきっかけとして、〈出来事〉の現場の音が響き渡り始める。この描写は原拠となった「琵琶秘曲泣幽霊」にないもので八雲の創作である。そして、クライマックスにおいて、聞き手／語り手である平家一門の亡霊の言葉にならない嗚咽や啜り泣きが加わり、最後には沈黙が訪れる。

そこで芳一は声を張りあげて苦海の合戦の語りを語った――弾ずる琵琶の音はさながら櫓櫂の軋るがごとく、船と船との突進もさながらに、また矢が唸りを立てて飛び交うごとく、武士の雄叫びや船板を踏み鳴らす音、兜に鋼鉄の刃が砕ける音、さらには斬り殺された者があえなく波の間に落ちるがごとくであった。すると芳一の左右で感賞する声が、息をつく合間に聞こえたのである。

……

するといよいよ気力がみなぎって、芳一は前にもましてたくみに歌いかつ演じた。あたりには感嘆の沈黙が深まった。だがついに美しく力なき者の運命を語る段となった時――女子供の哀れな最期と、腕に幼帝を抱いた二位の尼の身投げを語る段となった時、聞く人々はみな一斉に長い悲痛の嘆声を発した。そして狂おしいまでに大きな声で泣き叫んだ。それで目の見えぬ芳一は自分がつくり出した悲哀の情の激しさに思わずおびえたのであった。長い間嗚咽と啜泣きは続いたが、やがて嘆きの声は消えて、その後に続く沈黙の中で芳一は老女に相違ないと思う女の声をふたたび聞いたのである。（小泉、一八―一九）

芳一の声に重なって自らの非業の運命を語る怨霊の声、琵琶の「サワリ」に重なって響き渡る〈出来事〉の騒音、そしてこの〈出来事〉を再体験する苦しみを表象する嗚咽や啜り泣き。ここでは、依り代としての琵琶法師による弾き語りを柱として、〈出来事〉が三重奏となって再現され、トラウマ的〈出来事〉を物語化する平家の亡霊たちの苦悶が描き出されている。

物語りが終わると、二位尼は「御主君はこれから続けて六晩の間、毎晩一度ずつお前の曲を聴きたいと御所望です」と芳一に申し伝える。「琵琶秘曲泣幽霊」でも「耳なし芳一」においても、芳一を庇護している和尚はこのままでは芳一の命が取られると判じているが、この「六」という数字の寓意を考えるに、むしろ芳一を媒体とするトラウマ的〈出来事〉の反復を通して成仏（癒し）を平家の亡霊たちが望んでいると読めないだろうか。

仏教における「六」という数字で思い浮かぶのは「六道」である。それは、人が死んだあと現世での宿業に応じて生まれる変わる、「天道」、「人道」、「餓鬼道」、「修羅道」、「地獄道」、「畜生道」という六つの世界を指す。これに関して，平家物語の最後に安徳天皇の母である建礼門院が、後白河法皇に対して、自らの人生を「六道」に即して物語る場面がある。[9] 建礼門院は「六道」を語り終え、都へ帰る後白河上皇を見送ったあと、「安徳天皇の御霊ならびに平家一門の亡き魂が成仏を遂げられ、速やかに悟りを開かれますように」(『平家物語』、八七〇）と祈っている。芳一に対してトラウマ的〈出来事〉を六晩に渡って語るよう要求する平家一門の姿は、彼らの成仏を祈る建礼門院の姿と重なるところがないだろうか。

おわりに

宮田尚は、「耳なし芳二」を名人賛美譚、般若心経の霊験譚、致富譚であると指摘しているが、それは現代における一般的な評価として納得のいくものである。しかしながら、この短い物語の中には、小泉八雲が世界中の怪異／幽霊物語を探求するなかで追い求めてきた、幽霊に比すべき「人間という存在の謎」、そして「真理の一面」が，亡霊となった平家一門のトラウマ的〈出来事〉を中心として多層的に織り込まれている。

最近ではコンプライアンスが厳しくテレビなどの伝統的なメディアにおいて怪談や怪異現象といったコンテンツはあまり見かけなくなってしまったが、一方でＩＴの発達とともに名もなき人々の怪異譚がＳＮＳを舞台に活発にやり取りされている。
これからも幽霊物語は、歴史や世相を反映しながら、人間の本質的側面を描写し、われわれに人間という存在の真理の一面を提示し続けてくれるだろう。

注

1. 琵琶法師と平家物語に関する歴史と語り部としての琵琶法師の特徴については兵藤（二〇〇九）に大きく依拠している。
2. 三雲健『元暦二年七月九日（一一八五年八月六日）の京都地震について』を参照。https://www.kugi.kyoto-u.ac.jp/dousoukai/pdf/1185-Genroku-eq2014121208.pdf（二〇二一年一〇月三一日確認）
3. トラウマを引き起こすような「出来事」と一般的な「出来事」を区別するため、本稿では前者を〈出来事〉と表記する。
4. 小泉節子『思い出の記』（二六）を参照。
5. 小泉八雲の引用ついては、原著を参照しつつ、"Nightmare-Touch"を除いて翻訳書から引用している。引用頁についても翻訳書を参照のこと。Hearn, Lafcadio. *Shadowing, Complete Works of Lafcadio Hearn.* はKindle版を用いたので頁数は省略してある。
6. 岡真理の著作『記憶／物語』はKindle版を用いたので、引用個所については「章と節のタイトル」を明記している。

7. 岡真理は『記憶／物語』のあとがきで、理不尽な死を迎えたある小説の登場人物が毎夜その死をその現場で繰り返すという幽霊物語を引用しながら、トラウマ的出来事の性質を次のように表現している。「〈出来事〉とは、この世界の時空に刻まれた疵なのかもしれない．レコードについた疵が、同じ音を繰り返し反復するように、それは、自らの記憶を反復するのだ。幽霊のように」（岡、あとがき）

8. 『臥遊奇談』の「琵琶秘曲泣幽霊」でも「耳なし芳一」でも初めて侍が芳一のもとを訪れた最初の夜は和尚が法事で寺を離れている。「耳なし芳一」では、小僧まで和尚のお供をしており、芳一が寺で全くの孤独であったことが書き加えられている。

9. 『平家物語』「六道之沙汰」を参照。

引用文献

岡真理『記憶／物語』岩波書店、二〇一八。(Kindle)

小泉八雲『怪談・奇談』平川祐弘編、講談社、一九九〇。

下河辺美知子『歴史とトラウマ――記憶と忘却のメカニズム』作品社、二〇〇〇。

諏訪春雄『日本の幽霊』岩波書店、一九八八。

高岡弘幸『幽霊　近世都市が生み出した化け物』吉川弘文館、二〇一六。

速川和夫「Hearn 文学における Ghost」『現代英米研究』三巻、一九六八年、三六―五一。

兵藤裕巳『琵琶法師――〈異界〉を語る人びと』岩波書店、二〇〇九。

『平家物語』古川日出夫訳、河出書房新社、二〇一六。

西成彦『ラフカディオ・八雲の耳』岩波書店、一九九八。

宮田尚「〝芳一ばなし〟から「耳なし芳一のはなし」へ」『梅光学院大学・女子短期大学部論集』三九巻、二〇〇六、一三—二二。
ラフカディオ・ハーン『小泉八雲東大講義録——日本文学の未来のために』池田雅之編訳、角川ソフィア文庫、二〇一九。
Brogan, Kathleen. *Cultural Haunting: Ghosts and Ethnicity in Recent American Literature*. Virginia UP, 1998.
Hearn, Lafcadio. “Shadowing”, *Complete Works of Lafcadio Hearn*. Delphi Classics, 2017 (Kindle)
——. *Interpretations of Literature*. John Erskine ed. Dodd, Mead and Company, 1915.

あとがき

言語はどこまで事実を忠実に写し取って伝えられるのか。写し取るときの言葉の選択や意識の問題、伝えるときの受け手の理解の問題、言語そのものが孕む諸問題など、ざっと思い浮かべるだけでも、言語と事実との間には多かれ少なかれ隙間があることは明白である。したがって、対象には常に曖昧性がつきまとい、その曖昧性ゆえに日常は悲喜劇が頻繁に起こる危うさに満ちている。そうした危うさの真ん中に人間は生きており、そうした危うさに文学表象は拠って立っている。現実が悲惨であればあるほど、それを写し取ろうとした結果としての言葉に、問題は先鋭的に現れよう。たとえば、戦争の表象はその一例である。そこは、人間同士の殺し合いの最前線であるとともに、現実と言語の葛藤の最前線である。

こうした問題について論じることが本書の目的であるが、右に述べた問題意識は編者の言葉ではなく、明治学院大学で長年研究と教育に携わってこられた松本一裕先生の言葉である。松本先生の御研究は、現実と言葉の問題が曖昧さと繋がり、ある種の問題域を構成している。ヴェトナム戦争関連の文学について論文を何本も発表されてきたのも、ヴェトナム戦争ないし戦争それ自体に興味があるというより、現実ないし体験と言葉（文学的表現）の問題がヴェトナムでの戦争体験に先鋭的に現れていると考えておられるからである。

そんな松本先生が二〇二一年三月末に定年退職され、明治学院大学名誉教授となられた。そこで、松本先生のご退職を記念して、学恩に感謝する有志が集まり、文学と言語、文学と曖昧性をテーマにした論考をまとめようということになった。松本先生と執筆者たちは、教師と学生、勤務先の先輩と後輩、大学ないし大学院の先輩と後輩などの関係にあるが、だれもが先生の温かいお言葉や親切な行為の恩を受けている。留学から戻って進路に迷っていたとき松本先生が親身になっていつまでも相談にのってくださった経験をもつ者もいれば、非常勤の勤務先が不足して悩んでいることを耳に入れた松本先生がゼミをもたせてくれようとした経験をもつ者もいる。松本先生はとても親切で温かい「行動の人」なのだ。また、明治学院大学の英文学科の伝統的な留学先の一つとしてホープ・カレッジ（アメリカ合衆国ミシガン州）があるが、その留学に参加し、松本先生がホープ・カレッジでスピーチをする姿に大きな影響を受けて、大学の教員になった者もいる。「行動の人」だけあって、松本先生の行いには人を動かす大きな力があるのだ。なお、同留学はほとんど毎年、松本先生が引率をし、四十数日間ホープ・カレッジに滞在された。毎年四十日強という引率業務がどれほど大変なことなのか、お恥ずかしながら、同じ立場になって初めてわかった。先生にはこの場を借りて改めて御礼を申し上げたい。

松本先生が担当されていた学部のゼミではウィリアム・フォークナーをよく読んでいた覚えがある。後にフォークナー研究に進んだ者は、言葉と現実をめぐる先生の鋭い論考を参照にして論文をよく書いたものだ。大学院の授業ではショシャナ・フェルマンやケネス・バークをよく読んだ。とくにバークを取り上げる授業では、アメリカ人でさえ理解するのに苦労すると言われる飛躍の多い彼の文章に汗をかきながら読み進めていったものだ。苦しくて言葉すら出ないとき、「正しく読もうとするより、バークの文章を心の栄養のようにして楽しんでほしい。誤読にこそ読み手の個性がある」という松本先生の一言で、自分の思ったことを自由に述べられるという当たり前のようなことがいかに大切なことなのか、身をもって再認識した者も少なくない。また、どのような学説も結局は読み手の解釈を通して改定理解されることを学んだ者もいる。言語と現実と曖昧性をテーマとして長年研究をしてこられた松本先生からの薫陶だと考えている。

いつも優しい笑みを浮かべ、博学にして決して威張らず、謙虚な松本先生には、学ぶべきことが多い。そんな松本先生のご退職を記念して、当初は幅広く執筆者を集める予定だったが、先生のご希望は、あまり派手にならないように、というものであった。謙虚な松本先生ならではのご希望である。したがって、本書の出版にあたって、広く声をかけないこととし、なるべく少人数でささやかにまとめることにした。とはいえ、各論は決してささやかなものではなく、言語と現実、文学と曖昧性をめぐって、松本先生の問いへの応答として大いに貢献できるものとなっていることを願っている。その判断は読者の皆さんに委ねたい。

公私にわたって色々とお世話になった松本一裕先生に、この場を借りて御礼申し上げたい。「本当にありがとうございました。また、今後もどうぞよろしくお願いいたします」。

最後に、本書の出版にあたり、音羽書房鶴見書店の山口隆史氏には大変お世話になった。心より御礼を申し上げる。

二〇二二年二月

編著者（＋執筆者一同）

けたくないホールデン――『ライ麦畑でつかまえて』を整理学の観点から考察する」『白鷗法学』第28巻1号 (2021)。

瀬上 和典（せのうえ かずのり）

東京工業大学非常勤講師。主著:『機械翻訳と未来社会:言語の壁はなくなるのか』(社会評論社、2019:共著)。

平沼 公子（ひらぬま きみこ）

名古屋短期大学准教授。博士（文学）。主著・主要論文:*Narratives of Marginalized Identities in Higher Education: Inside and Outside the Academy* (Routledge, 2018:共著)、「奴隷制を語る／読む私――Arna Bontemps の *Black Thunder* と文学作品における奴隷制」『アメリカ文学評論』第26号 (2020)。

山木 聖史（やまき さとし）

明治学院大学非常勤講師。主著・主要論文:『歴史で読む英米文学』(英光社、2014:共著)、『帝国と文化』(春風社、2016:共著)。

堂、2018：共著）、*Recent Scholarship on Japan: Classical to Contemporary*（Cambridge Scholars Publishing, 2020：共著）、『文学に飽きた者は人生に飽きた者である』（音羽書房鶴見書店、2020：共編著）、『モダンから俯瞰する 戦間期身体のアーキテクチャ』（小遊鳥書房、2022：共著）、主な訳書：『比較から世界文学へ』（水声社、2018）。

著　者（あいうえお順）

大木 理恵子（おおき りえこ）

白百合女子大学キリスト教文化研究所所員、こうさぎ文学研究所主宰。主著：『ジョンソン博士に乾杯——英米文学談義』（音羽書房鶴見書店、2016：共編著）、『英語読みのプロが語る　文学作品に学ぶ英語の読み方・味わい方』（開拓社、2022：共著）。

大和久 吏恵（おおわく りえ）

国立音楽大学准教授。主著：『ジョンソン博士に乾杯』（音羽書房鶴見書店、2016：共著）、『シルフェ〈本の虫〉が語る楽しい英語の世界』（金星堂、2018：共著）。

加藤 麗未（かとう れいみ）

明治学院大学英文学科教学補佐。主要論文：“The Art of Mourning: Hiroko Takenishi's Three Atomic Bomb Literature,” *Journal of East-West Thought* (in print).

常名 朗央（じょうな あきお）

大妻女子大学非常勤講師。主要論文：“Saiichi Maruya, Love, Women, and Japanese Literature: The Salvation of Women,” *Journal of East-West Thought*, vol. 8, no. 3, 2018、「大学英語講義における英文読解指導実践報告——グレアム・グリーン “The Innocent” を読む」『大妻女子大学英語教育研究所紀要』第 4 号 (2021)。

関戸 冬彦（せきど ふゆひこ）

白鷗大学准教授。博士（英文学）。主著・主要論文：『文学に飽きた者は人生に飽きた者である』（音羽書房鶴見書店、2020：共著）、「かたつ

執筆者一覧

特別寄稿者

松本 一裕（まつもと かずひと）

明治学院大学名誉教授。インディアナ大学大学院 M.A. 修了、明治学院大学大学院文学研究科博士後期課程満期退学。明治学院大学文学部専任講師、助教授、教授を経て、2021 年定年退職。主著：『映像文学に見るアメリカ』（紀伊国屋書店、1998：共編著）、『ヘミングウェイを横断する』（本の友社、1999：共著）、『記憶のポリティックス』（南雲堂フェニックス、2001：共編著）、『概説 アメリカ文化』（ミネルヴァ書房、2002：共著）、『〈都市〉のアメリカ文化学』（ミネルヴァ書房、2011：共著）、『神の残した黒い穴を見つめて』（音羽書房鶴見書店、2013：共著）、『アメリカン・ロードの物語学』（金星堂、2015：共著）、*Doing English in Asia: Global literature and Culture*（Lexington Books、2016：共著）、『文学に飽きた者は人生に飽きた者である』（音羽書房鶴見書店、2020：共著）。主な訳書：『ラルフ・エリスン短編集』（南雲堂フェニックス、2005：共訳）、『アメリカ子供詩集　オックスフォード版』（国文社、2008：共訳）、『影と行為』（南雲堂フェニックス、2009：共訳）。

編著者

安藤　聡（あんどう さとし）

明治学院大学文学部教授。明治学院大学大学院文学研究科英文学専攻博士後期課程満期退学。愛知大学教授、大妻女子大学教授を経て 2020 年より現職。博士（文学）（筑波大学）。主著：『ファンタジーと歴史的危機』（彩流社、2003）、『英国庭園を読む』（同、2011）、『ファンタジーと英国文化』（同、2019）、『英国ファンタジーの風景』（日本経済評論社、2019）、『ジョンソン博士に乾杯――英米文学談義』（音羽書房鶴見書店、2016：共編著）。

鈴木 章能（すずき あきよし）

長崎大学人文社会科学域教授。明治学院大学大学院文学研究科英文学専攻博士後期課程修了。甲南女子大学教授等を経て 2014 年より現職。博士（英文学）（明治学院大学）。主著：『ウィズダム和英辞典』第 3 版（三省

現実と言語の隙間
——文学における曖昧性

2022年3月20日　初版発行

編著者　安藤　聡
　　　　鈴木章能
発行者　山口隆史
印　刷　シナノ印刷株式会社

発行所　株式会社 音羽書房鶴見書店
〒113-0033 東京都文京区本郷3-26-13
TEL 03-3814-0491
FAX 03-3814-9250
URL: http://www.otowatsurumi.com
email: info@otowatsurumi.com

Printed in Japan
ISBN978-4-7553-0428-6
組版 ほんのしろ／装幀 熊谷有紗（オセロ）
製本 シナノ印刷株式会社